구름 위에는

above the clouds

저자 **River P Kim**

LiAr

ჩემს საყვარელ ადამიანს

빛이 어둠에 비치되 어둠이 깨닫지 못하더라.

(요한복음 1장 5절)

1

—

გამარჯობა

하늘 아래 변하지 않는 것은 없다. 구름도 나무도 바위도 대지도 우리 곁에 있는 모든 것은 사라지거나 그 모습을 바꾼다. 언제나 변하지 않을 것 같은 모든 것을 품어주는 바다마저도 누구도 눈치채지 못하게 조금씩 변해간다. 이 세상의 모든 것은 잊히지만 누군가의 가슴속에 있는 어떤 이의 이름은 언제까지나 그대로일까. 잊을 수 없는 이름이 있다는 것은 얼마나 아름다운가. 인간의 마음은, 위대한 정신은 언제나 구름 위에 있다.

세상은 인간을 무릎 꿇게 만든다. 넘어진 인간을 잔인하게 비웃는다. 삶은 멀리서 보면 희극이라지만 삶의 비극은 가까이 있는 그 순간에 너무 고통스럽다. 그러나 인간에게는 모든 것을 견디고 다시 일어설 힘이 있다. 자신 안에 있는 두려움을 마침내 이겨내고 어둠에 맞설 용기가 있다.

인간이 된다는 것은 차가운 세상 속에서 의미를 남기는 것이다. 따뜻함을, 사랑을 남기는 것이다. 우리는 기억해야 한다. 신이 죽은 것은 사랑을 위함이었음을.

구름 위에는

2

—

გოჭუნას გავხარ

따스한 4월의 햇살이 구름 사이로 쏟아져 내려오는 나른한 토요일 오후였다. 201호 병실에는 창밖 바로 앞에 나뭇가지가 있었는데, 그곳에도 마찬가지로 봄을 알리는 꽃이 피었다. 201호에 들어오는 사람마다 꽃을 보며 여기는 운이 좋은 방이라 말하며 지나가고는 했다. 그 연분홍색 꽃은 차가운 시절이 끝나고 모든 것이 시작하는 희망을 의미하는 것 같았다.

'네가 있었다면 좋을 텐데.'

산티아고는 그녀가 꽃을 보며 기뻐하는 상상을 했다. 그는 꽃을 볼 때마다, 별을 볼 때마다, 구름을 볼 때마다, 노을을 볼 때마다 그녀를 생각했다. 그는 세상에 있는 모든 아름다운 것이 그녀를 위해서 존재한다고 느꼈다. 그녀와 헤어지고 정신병원에 들어온 지 일 년이 지났는데도 아직 그녀 꿈을 꾸곤 했다. 꿈에 그녀가 찾아온 날이면 처음 만난 그날처럼 온종일 가슴이 두근거렸다. 그는 그가 어떤 삶을 살아도 누구를 만나도 그녀를 잊지 못할 것을, 언제나 그녀를 사랑할 것을 알았다. 그 사실이 그를 아프게 했다. 그녀를 생각하면 사랑에 빠졌던 추억에 잠겼다가도 이내 슬픔이 찾아왔다.

'나는 내일 죽을 거야.'

그에게 그녀 없는 삶은 무의미했다. 그는 병원 침대에 누워서 매일 신에게 기도했다. 처음에는 그녀를 만날 수 있게 해달라고 기도했다. 그러다가 그녀를 만나는 것이 욕심이라면 죽여달라고, 되도록 안 아프게 심장마비 같은 방법으로 죽여달라고 기도했다. 막상 심장마비에 걸리면 아플 수도 있겠지만 그가 생각한 방법으로는 가장 아프지 않은 것 같았다. 하지만 신은 기도를 들어주지 않았다. 많은 사람에게 그렇듯이 신은 기도를 듣고 있는지조차 알려주지 않았다. 그러자 산티아고는 신이 자기를 죽이지 않는다면 스스로 죽겠다고 결심했다. 그리고 팔십사 일 동안 병원에서 주는 약 두 알 중에 노란색 수면 보조제를 먹지 않고 따로 숨겨냈다. 팔십사 개의 약이면 죽지는 못하더라도 영원히 깨어날 수는 없을 테니까. 어쩌면 그는 팔십사 일 동안 슬픔이 사라지기를 바랐는지도 모른다. 그러나 슬픔은 여전히 그대로였다.

"무슨 생각을 그렇게 해?" 릭이 산티아고의 침대에 걸터앉으며 말했다.

"어떻게 죽을지 생각 중이었어."

"좋은 방법 있으면 나도 알려줘. 같이 죽게." 릭은 전혀 진지하지 않은 표정으로 말했다.

"너는 왜 죽고 싶은데?"

"글쎄. 살아갈 이유가 없으니까? 이곳 생활 따분하기도 하고. 그보다 왜 죽고 싶은지가 아니라 왜 살고 싶은지 물어봐야 하는 게 아닐까?"

"그러게. 우리는 왜 사는 거지?"

산티아고는 생각에 잠겼다. 이유도 모른 채 이 세상에 던져져 고통을 견디며 살아가는 수많은 사람이 떠올랐다. 다들 각자의 아픔을 간직한 채 하루하루를 살아간다. 그는 수많은 사람 중에 자신보다 고통스러운 사람은 있어도 자기보다 슬픈 사람은 별로 없을 거라고 생각했다. 어쩌면 그보다 슬픈 사람은 세상에 단 한 명도 없을지도 모른다.

"행복하기 위해서 아닐까?" 한참 뒤에 릭이 대답했다. "딱히 다른 답이 떠오르지 않아. 너무 어려운 질문이야."

"행복하기 위해서라…."

산티아고도 마땅한 말이 떠오르지 않았다. 그래도 계속이 질문에 대해서 생각하고 싶었다.

평소에 사람들은 괴로운 일을 겪으며 산다. 그러다가 가끔 행복한 순간이 찾아온다. 인간은 가끔 찾아오는 행복한 순간을 위해 사는 건가? 신이 인간을 만들었다면 인간의 존재에는 더 큰 이유가 있지 않을까? 아니면 인간은 그저 우연히 만들어진 존재인가?

"301호에 새로운 사람이 들어왔다는데, 보러 가지 않을래?"

"괜찮아. 여기서 책이나 읽을래."

산티아고는 마지막 날을 다른 사람에게 방해받고 싶지 않았다. 그는 엎드려서 책을 폈다. 이미 몇 번이나 읽었지만 언제 봐도 질리지 않았다. 볼 때마다 새로운 것이 보였다.

산티아고는 옛날이야기가 나오는 이 책이 좋았다. 누군가는 이 책을 신이 인간에게 쓴 편지라고 했다. 책은 신, 인간, 천사, 악마, 용, 뱀에 대한 이야기를 들려줬다. 이야기를 모두 진실이라고 믿지는 않았지만, 하나같이 흥미로웠고 무엇보다도 뭔가 중요한 뜻이 있는 것 같았다. 그중에서도 산티아고는 뱀과 여자 이야기를 잊을 수 없었다. 그 이야기는 인간이 왜 이렇게 고난 속에서 사는지, 이유를 알려주는 것 같았다. 그는 뱀과 여자의 이야기가 어쩌면 사실일지도 모른다고 생각했다.

어느새 하늘은 붉은색과 푸른색으로 노을 지고 구름은 보랏빛으로 물들었다. 병원 안 작은 공원에서는 노을을 만끽하며 산책하는 사람들, 의자에 앉아 이야기를 나누는 사람들, 체스를 두는 사람들이 저마다 즐거움에 빠져들었다. 다들 환자복도 입지 않아 누가 보면 병원이라고 생각하기 어려울 정도였다. 산티아고는 여전히 침대에 누워 책을 읽고 있었다. 그의 마지막 날이라는 걸 아는지 모르는지 시간은 흘러만 갔다.

병원 생활은 생각보다 나쁘지 않았다. 정신병원이라고는 하지만 자유로운 분위기의 요양원에 가까웠다. 증세가 심한 사람들은 다른 병원으로 옮겨 갔다. 한 번은 온종일 소리를 질러대는 사람이 들어왔는데 증상이 호전되지 않자 며칠 뒤 퇴출당했다. 병원 안에는 읽을 책이 많았고, 사람들이 가꾸어 놓은 화단도 있었다.

병원에 있어서 안 좋은 유일한 점은 밖에 나갈 수 없다는 것이었다. 언제 나갈 수 있을지는 전적으로 의사의 판단에 달려있었다. 의사는 산티아고가 약을 계속 먹어야 하고 아직 밖에 나가는 건 안 된다고 했다. 보통 이삼 년은 치료받아야 가능한 일이었다.

그는 책의 마지막 장에 유서를 쓸까 고민하다가 말았다. 아무에게도 죽기로 한 것을 말하지 않았지만, 한편에는 누구라도 알아주기를 바라는 모순적인 마음이 들었다.

내가 죽으면 슬퍼할 사람이 있을까. 산티아고는 생각했다. 담당 의사는 친절한 분이셨는데 내가 죽으면 죄책감에 시달리지 않을까. 의사 선생님을 생각하니까 미안하네. 부모님께도 미안하고. 그래도 어쩔 수 없어. 이미 결심했으니까. 내게는 오늘이 마지막 날인데 세상은 그걸 모르나 봐. 여전히 그대로야. 죽고 나면 이 슬픔도 사라질까. 죽음 뒤에 어떤 다른 세계가 있다면 그곳에는 슬픔이 없었으면 좋겠어. 그곳에서 너를 다시 만났으면 좋겠어. 그곳에서는 네가 나를 싫어하지 않았으면 좋겠어.

"산티아고, 이번에 새로 들어오신 분이랑 이야기 좀 하다 왔는데 재밌더라. 이야기를 좋아하는 분이야. 너도 같이 갔으면 좋았을 걸." 릭이 방에 들어오며 말했다.

"너랑 잘 맞겠네."

"그분이 너를 만나고 싶다고 했어."

"나를?" 산티아고가 물었다. "왜?"

"네가 그 이유를 알 거라고 그랬어."

"그게 무슨 소리야?"

"나야 모르지."

알 수 없는 소리를 듣자 산티아고는 새로 들어온 사람에게 당장 물어보러 가고 싶었다. 그러나 오늘만큼은 혼자 있고 싶기도 했고, 처음 본 사람이 다음 날 죽은 채로 발견된다면 그 사람에게 안 좋은 기억이 될 것 같아 만나러 가지 않았다.

"다음에 같이 가자." 릭이 말했다.

"다음은 없을 거야. 내일 죽을 거거든."

"아까부터 왜 계속 죽는다는 이야기야. 정말 죽으려고 그래?"

산티아고는 아니라고 말할 수가 없었다. 그는 진지한 순간에는 거짓말을 하지 못했다. 그는 세상에서 가장 나쁜 짓이 거짓말이라는 것을 알고 있었다.

"내가 죽어도 너무 슬퍼하지 마."

"어떻게 슬프지 않겠어. 네가 있어서 그나마 이곳 생활이 재밌었는데."

"나도 네 덕분에 재밌었어. 고마워."

"장난치는 거지?"

"나도 잘 모르겠어. 혼자 있고 싶어."

릭은 한숨을 쉬면서 방을 나갔다. 산티아고는 얼버무리면서 넘어갈 걸 괜히 말했나 싶었고, 릭에게도 미안한 마음이 들었다. 그리고 다시 혼자가 되었다. 인생의 마지막 하루는 평소보다 조금 길었다.

3

—

როგორ ხარ ასეთი საყვარელი

늦은 밤 산티아고는 잠이 오지 않아 계속 뒤척였다. 사실 잠이 오지 않는 것이 당연했다. 내일 죽으려고 하는 사람이 맘 편히 잠드는 게 더 이상하지 않을까.

산티아고는 일부러 자려고 하면 더 잠이 오지 않는다는 사실을 알았다. 그래서 벽에 등을 기대고 앉아 침대 오른쪽에 있는 조명을 켰다. 노란 불빛이 방 안을 환하게 비췄다. 그는 머리맡에 놓아뒀던 책을 집어 들고 좋아하는 구절을 읽었다. 이미 수십 번은 읽은 사랑에 관한 구절이었다. 책은 영원한 모든 것 중에 제일은 사랑이라고 했다. 산티아고도 가장 중요한 건 사랑이라는 것에 동의했다.

그는 사랑을 알았다. 사랑은 모든 것을 견디게도 하지만 모든 것을 무너뜨리기도 한다는 것을 알았다. 그를 가장 행복하게 한 것도, 가장 아프게 한 것도 사랑이었다.

그는 그녀를 그림처럼 담은 한 장의 사진을 바라봤다. 그녀와 만난 마지막 날에 찍은 사진이었다. 그녀는 웃고 있었다. 아름답다는 말로는 부족했다. 그날의 또렷한 감정과는 다르게 그녀의 얼굴은 시간이 갈수록 점점 희미해졌기 때문에 사진이 있어서 다행이었다.

그는 문득 창밖을 바라봤다. 항상 그 자리에 있던 연분홍색 꽃이 눈에 들어왔다.

"꽃아, 아름다운 꽃아. 사람들이 다들 너보고 아름답대. 너는 세상을 아름답게 하려고, 사람들에게 기쁨을 주려고 태어났나 봐. 그런데 나는 왜 이 세상에 존재하는지 이유를 모르겠어. 어떤 사람들은 행복하기 위해서 태어났다고 하는데 나는 잘 모르겠어. 나도 행복한 순간이 있었어. 아주 잠깐. 지금은 너무 슬퍼. 그 사람 생각만 해도 슬퍼. 생각을 안 하려고 해도 계속 생각이 나. 슬픔이 어떤 감정인지 아니? 세상이 온통 잿빛이야. 어떤 노래를 불러도, 어떤 음식을 먹어도, 그 어떤 것에서도 즐거움을 느낄 수 없어. 세상에서 사라지고 싶어. 처음부터 존재하지 않았던 것처럼. 그래서 내일 사라지려고 해." 산티아고는 꽃을 바라보며 말했

구름 위에는

다. "내 말 듣고 있니?"

그때 바람이 불어와 꽃이 살랑 흔들렸다. 마치 모든 것을 이해한다는 듯이 *끄덕끄덕*.

"지금 그렇다고 대답한 거야? 하하. 내 말 들어줘서 고마워. 너도 말을 할 수 있다면 좋을 텐데."

산티아고는 정말로 꽃이 말을 듣는지도 모른다고 생각했다. 그는 창문을 열고 꽃향기를 맡았다. 아름다운 꽃은 향기가 거의 나지 않았다.

"어쩌면 너희끼리는 우리가 알아들을 수 없는 말을 할지도 모르지." 산티아고가 말했다. "그건 모르는 일이야."

바깥 공기를 마시자 산티아고는 산책하고 싶은 마음이 들었다. 그는 책을 덮고 겉옷을 입었다.

밖에 나오자 거의 보름달에 가까운 달이 땅 위를 은은하게 비추고 있었다. 연분홍색과 하얀색 꽃잎이 조금씩 나무에서 떨어져 흩날렸다. 조용한 밤 풍경과 봄바람에 산티아고는 기분이 설렜다.

그는 길가에 선 나무들을 따라 공원 중앙에 있는 분수대로 걸어갔다. 분수대 앞 벤치에는 낮에 사람들이 놓고 간 신문이 있었다. 그는 신문을 한쪽으로 치우고 앉아 하늘을 바라봤다. 구름 한 점 없이 맑아서 별이 잘 보였다. 주변은 고요했고 별이 빛나는 소리만이 들렸다.

이 세상에는 수많은 별과 이야기가 있다. 옛날에 사람들은 인간의 영혼이 하늘로 올라가 영원히 빛나는 별이 된다고 생각했다. 별이 된 영혼은 바다에서, 사막에서 길 잃은 사람들을 인도했다.

사람들은 더 이상 이야기를 믿지 않는다. 저 빛나는 물체는 가스 덩어리일 뿐이라고, 우주에 어떤 의미나 뜻이 있을 거라는 생각은 인간의 편견일 뿐이라고 말한다. 이 땅 위에 존재하는 모든 것처럼 별도 언젠가는 그 빛을 잃을 거라고 말한다. 그들에게 우주는 차갑고 무의미하다.

그는 눈을 감고 그녀를 처음 만난 날을 떠올렸다. 그날도 오늘처럼 벚꽃이 흩날리는 4월의 어느 날이었다. 그날은 그가 모든 이야기를 믿게 된 날이기도 했다.

"죽기에는 너무 좋은 날인걸."

어디선가 축제를 하고 있을 것만 같은 밤이었다. 따뜻함과 선선함이 공존하는 적당한 온도였고, 여름에도 겨울에도 그리워질 듯한 날씨였다. 바닥에는 흩날리다 떨어진 벚꽃잎으로 가득했다. 꽃은 죽은 뒤에도 세상을 아름답게 만든다.

이렇게 좋은 날에 너는 뭘 하고 있을까. 그는 생각했다. 좋은 날에는 네 생각이 나. 아름다운 것을 보면 네 생각이 나. 사실 슬플 때도 네 생각이 나. 너는 한 번이라도 내 생각을 했을까.

우린 처음 봤는데도 오래전부터 알고 지낸 사람 같았어. 세상에 이런 사람이 있다는 게 신기했어. 누군가 나에게 주신 선물 같았거든. 너를 만나고 사람들이 운명이라고 부르는 그 무언가를 믿게 되었어. 사랑을 믿게 되었어. 내가 살아온 모든 날이 너를 만나려고, 너와 이야기하려고 겪어온 것 같았어.

그런 생각도 했어. 이 세상이 존재하는 이유는 내가 너를 만난 이 순간을 위해서라고. 이 모든 게 사랑 이야기라고. 너도 나만큼 거짓말 싫어하는 거 알아. 너에게 거짓말한 적 없어. 네게 했던 말 전부 진심이었어. 우리 사이에 믿음이 생기기에 일주일은 너무 짧았나 봐. 내 머리가 이상해지지 않았다면 우린 지금까지 함께였을 텐데. 너에게 상처 주지도 않았을 텐데. 아프게 해서 미안해. 사랑한다고 말을 못 했네. 세상 그 누구보다 너를 사랑했는데. 우리에게 이별이 너무 갑자기 찾아왔어. 다시 너를 만나게 되면 사랑한다고 말하고 싶어.

너랑 있던 모든 날이 기억나. 처음 만난 날 네가 장난치던 순간도, 네가 내 손을 먼저 잡아준 순간도, 마지막 날 네가 나에게 키스한 순간도, 모든 순간이 기억나. 이제 네가 아닌 다른 누군가는 사랑하지 못할 것 같아. 나는 너를 평생 못 잊을 거야. 죽어서 하늘나라에 가게 된다면 그곳에서도 너를 잊지 못할 거야.

너와 헤어지고 많이 울었어. 죽고 싶어서 매일 신에게 기도했어. 더는 이 세상에 살고 싶지 않았어. 지금도 그래. 그래서 내일 죽으려고 해. 사실 죽는 게 조금은 무서워. 죽음 뒤에 뭐가 기다리고 있을지 모르잖아. 내가 정말 정신병에 걸렸을까 봐, 증상이 심해져서 평생 미친 사람으로 살게 될까 봐 그것도 무서웠어. 그런데 죽는 것보다 내가 정신병자인 것보다 더 무서운 건 우리가 하늘에서 다시 만났을 때, 네가 나를 싫어할까 봐 그게 가장 무서워. 네가 나를 잊었을까 봐 그게 무서워.

산티아고는 그녀가 자기를 잊었을지도 모른다는 생각에 이르자 눈에 눈물이 고였다. 비가 한두 방울 떨어지는가 싶더니 곧 소나기가 되는 것처럼 눈물도 그렇게 흘렀다. 연분홍색 꽃잎 하나가 그를 스치며 떨어졌다. 공원에는 한동안 한 남자가 코를 훌쩍거리며 흐느끼는 소리로 가득했다. 지나가던 아이가 그를 봤다면 왜 우냐고 물으며 친구를 달래듯 위로했을 것이다.

이십 분 정도가 지났을 즈음 그는 가까스로 마음을 진정시키고, 방으로 들어가려고 벤치에서 일어났다. 그때 뒤에서 낯선 목소리가 들렸다.

구름 위에는

4

—

ლამაზი

수염이 덥수룩한 노인이 벤치 뒤 나무 앞에 서있었다. 노인의 머리카락과 수염은 살아온 세월을 말하듯 회색빛이었고 인자한 미소를 짓고 있었다. 이가 고르지는 않았지만 온화하고 굳센 얼굴이 돋보여 그런 것쯤은 흠이 아니었다.

"슬프면 마음껏 울게. 아무렇지 않은 척할 필요 없네." 노인이 말했다. "슬프면 때로는 울기도 하는 게 인간이야."

산티아고는 우는 모습을 처음 보는 사람에게 보여주고 싶지 않았다. 그는 얼른 손으로 눈물을 닦았다.

"부끄러워할 것 없네. 우는 게 나쁜 짓은 아니지 않은가. 나쁜 짓 말고는 다 해도 된다네."

"언제부터 거기 계셨나요?"

"날이 좋아서 걷다가 소리 나는 곳으로 와봤네. 왜 울고 있었는지 물어봐도 되나?"

노인은 모든 것을 들어줄 것만 같은 얼굴을 하고 있었다. 그 얼굴을 보자 산티아고는 마음이 편안해졌다.

"가장 소중한 사람에게 상처를 줬어요. 그녀는 저를 치료해 줬는데 저는 그녀를 아프게 했어요. 정말 그녀를 아프게 하고 싶지 않았는데." 산티아고가 코를 훌쩍거리며 말했다.

"때로는 죽어도 하고 싶지 않았던 일도 하게 되는 것이 인생이라네."

"그녀가 저를 떠나갔어요." 산티아고가 말했다. "모든 걸 끝내고 싶어요."

"자네는 여기서 죽을 운명이 아니야." 노인이 말했다. "자네의 마음속 깊은 곳에 있는 진심은 죽음이 아니네."

사실 그랬다. 죽음을 진정으로 원하는 사람은 없다. 산티아고가 원하는 것도 죽음이 아니었다. 사람들은 가장 원하는 것 다음으로 죽음을 원한다.

"그녀를 다시 만나고 싶어요."

"운명이라면, 신의 뜻이라면 언젠가 만나게 될 걸세."

산티아고는 사람들이 운명이라고 부르는 것에 대해 생각했다. 그에게 운명은 너무 잔인했다. 많은 사람이 그런 것처럼 한때 그도 신을 원망했다. 그러나 모든 것을 포기한 지금은 미워하는 마음조차 들지 않았다.

"신을 믿나요?"

"안다네." 노인이 말했다. "나는 신을 안다네."

산티아고는 노인의 눈을 바라봤다. 노인은 전혀 미친 사람처럼 보이지 않았다. 흔들림 없는 노인의 눈빛은 조금도 거짓이 없었다. 그 눈은 마치 모든 것을 안다고 말하는 것 같았다. 다른 사람이 신을 안다고 말했다면 아마 그는 믿지 않았을 것이다. 여긴 정신병원이니까.

"신이 있다면 왜 이 세상에 슬픔과 고통이 있는 건가요? 저만 그런 게 아니에요. 사람들 대부분, 아니 모든 사람이 저마다 아픔이 있어요. 견딜 수 없는 슬픔은 때로는 사람을 죽이기도 해요. 신이 정말 있다면 왜 이 슬픔을 보고만 있나요?"

"그분은 사람들이 울 때 옆에서 같이 울고 있네. 우리 눈에 보이지 않을 뿐이야. 눈에 보이는 것을 너무 믿지 말게." 노인이 말했다. "모든 것은 이야기를 위해서 존재하네. 하나의 거대한 이야기 그리고 다른 여러 이야기를 위해. 그 이야기가 곧 끝나려고 하네."

노인은 알 수 없는 소리를 했다.

"이야기에는 항상 위기와 고난이 있듯이 우리 인생도 그렇다네. 천사의 인도하심도 악마의 속삭임도 모두 신의 뜻이라네. 우리를 축복하는 이도 우리에게 고난을 주는 이도 모두 그분이야. 신께서는 따뜻함을 알게 하려고 겨울을, 빛나는 별의 아름다움을 알게 하려고 어두운 밤을 만드셨네. 차가운 시절 눈보라를 이겨내고 핀 꽃이 아름답지 않은가. 중요한 건 어둠에 맞서는 우리의 선택일세. 어떤 이야기를 만들지는 저마다의 선택에 달려있네."

운명은 주어진 것이지만 만들어 가는 것이기도 하다. 우리에게 이름이 주어진 것처럼. 우리가 이름을 만드는 것처럼.

빛과 어둠이 나뉘는 순간 우리는 선택해야 한다. 빛을 따라간 사람들은 결국 빛이 되어 사람들을 또다시 빛으로 인도한다. 빛이 된 사람들의 이야기는 밤하늘의 별이 되어 영원히 기억된다. 어둠에 물든 사람들은 어느새 자신이 어둠이 되어버린 것을 모르고 사람들을 어둠으로 끌어내린다.

"자네를 만나려고 먼 곳에서 왔네."

"오늘 새로 왔다는 분이군요."

"자네는 해야 할 일이 있어."

"그게 무슨 소리죠?"

"자네가 알 거야. 언제나 정답은 자신 안에 있네."

"제 머릿속에는 그녀밖에 없어요. 그녀를 만나고 싶은 생각뿐이에요." 산티아고가 말했다. "죽어서라도 그녀를 만나고 싶어요."

"그녀를 만나러 가게."

"저를 싫어할까 봐 무서워요."

"그럴지도 모르지. 그렇다고 이렇게 가만히 있을 수는 없지 않나. 그리워만 하다가 포기할 셈인가?" 노인이 말했다. "이야기는 여기서 끝이 아니네."

노인은 지금까지 살면서 한 번도 본 적 없는 유형의 사람이었다. 신을 믿는다는 사람은 몇몇 봐왔지만 신을 안다는 사람은 처음이었다. 웃긴 사실은 그 말에 믿음이 갔다는 것이다. 산티아고는 낮에 했던 질문이 떠올랐다. 왠지 지금 눈앞에 있는 노인은 답을 해줄 것만 같았다. 정말 신을 알고 있다면 모르는 것이 없지 않을까.

"인간은, 우리는 왜 사는 건가요?"

"우리는 진리를 위해, 사랑을 위해 살아야 하네. 그리고 그것들을 위해 죽어야 하지." 노인이 말했다. "그게 우리가 사는 이유라네."

"진리는 모르지만 사랑은 알 것 같아요."

"사랑을 아는 것이 진리를 아는 것이네." 노인이 말했다. "사랑을 믿는 것이 신을 믿는 것이네."

"이제 다른 누군가를 사랑하지는 못할 것 같아요." 산티아고가 말했다. "다시 사랑을 믿는 날이 올까요?"

"자네가 믿는다면, 믿음이 우리를 빛으로 인도할 걸세."

산티아고는 문득 노인이 궁금해졌다. 대화할수록 이 세상 사람이 아닌 것 같았다. 노인은 어린아이의 순수함을 간직한 어른이었고, 어른의 지혜를 가진 어린아이였다.

"어디에서 오셨나요?"

"사카르트벨로에서 왔네."

전에도 들어본 적 있는 지명이었다. 그녀가 태어난 곳이었다.

"그녀도 그곳에서 왔다고 했어요."

"이제 자네가 해야 할 일을 알겠나?"

"무슨 소리인지 모르겠어요."

"우리는 그곳으로 가야 하네. 세상에 무서운 일이 일어나고 있어."

"무서운 일들은 전부터 있었던 걸요."

"이야기가 끝나가려고 하네."

"자꾸 알 수 없는 소리를 하시는군요."

"우리는 지금 부분적으로 아네. 우리가 온전하게 될 때 모든 것을 알게 될 걸세." 노인이 말했다. "그날에 창세부터 감춰진 것이 드러날 것이네. 모든 슬픔과 고통이 사라질 것이네."

"슬픔이 없다면 눈물도 없을까요?" 산티아고가 아직 마르지 않은 눈물을 닦으며 말했다.

"그날에 흐르는 눈물은 지금과는 많이 다를 걸세."

"…그날이 오면 좋겠네요."

"반드시 올 것이네. 그날에 모든 것이 제자리로 돌아갈 거야."

산티아고는 알 수 없는 소리를 해대는 노인이 싫지 않았다. 노인의 말은 현실과 거리가 멀었다. 그렇다고 헛소리 같지는 않았다. 아니, 오히려 진리에 가까웠다. 그는 노인이 보고 있는 것을 같이 보고 싶었다. 땅에 있는 사람은 하늘에 있는 사람이 보이지 않는다.

"이제 그만 들어가지. 우리에게는 이야기할 날이 부족함 없이 남아있네."

둘은 가로수를 따라 병원 건물 쪽으로 걸었다. 둘은 한동안 말없이 걸었다. 산티아고는 발걸음이 한결 가벼워진 것을 느꼈다. 혼자서 걸어올 때와 풍경도 달라 보였다.

"죽기 좋은 날이군. 그렇지 않은가?" 병원 앞에 도착했을 때, 노인이 달을 바라보며 말했다.

그 말에 산티아고는 자기도 모르게 웃음을 터뜨렸다.

사흘 뒤 산티아고는 꿈을 꿨다. 그에게 죽음 대신 희망이 찾아왔다.

5

—

კეთილი

'너의 아픔이 아물었을 때, 네가 잠시 내 생각을 할 때, 네가 좋아하는 꽃이 필 때, 바람이 좋은 날에, 햇살 눈부신 날에 너에게 갈게.'

그는 지금 생각을 잊지 않으려고, 또 그렇게 되기를 바라는 마음에서 종이에 글귀를 끄적거렸다. 그러고는 자기가 적은 글을 한참을 쳐다보는데, 마침 매일 먹어야 하는 약을 가져온 간호사가 옆에 와서 가만히 서있었다. 시선을 느낀 산티아고는 간호사를 쳐다봤다. 일 년 동안 그를 세심하게 챙겨준 간호사였다. 그는 간호사가 아름다운 편이라고 생각했다.

"뭘 그렇게 적어요?"

"아무것도 아니에요." 산티아고는 종이를 반으로 접은 뒤 서랍에 넣으며 말했다.

"얼굴이 좋아 보여요."

"그래요?"

"네. 전에는 뭐랄까, 죽어있다고 해야 하나? 낮에도 침대에 누워서 잠만 자고 사람들과 이야기도 별로 안 했잖아요. 그런데 지금은 눈빛부터 달라 보여요."

"음, 확실히 기분은 전보다 나은 것 같아요."

"다행이에요. 사실 산티아고 씨 걱정을 많이 했거든요. 기분이 나아졌으니 이제 아픈 곳도 곧 나을 거예요."

"그렇죠. 머리도 곧 낫겠죠."

"머리가 아프다고 하면 기분 나쁘잖아요."

"아니에요. 사실인 걸요. 정신병자라고 하는 것보다 낫죠."

"그 말은 너무 심했어요."

"아니면 미치광이?"

"그렇게 말하지 말아요. 미친 게 아니라 아픈 거예요. 미친 사람들은 이곳 밖에 있어요." 간호사는 그러면서 약을 건네줬다. "밥 먹고 약 꼭 챙겨 드세요."

"그럴게요. 약은 언제까지 먹어야 하죠?"

"그건 의사 선생님이 알 거예요."

간호사는 살짝 미소를 지어 보이고 방을 나갔다.

일주일에 한 번 의사와 면담이 있는 날이었다. 병원에는 의사가 일곱 명 있는데 남자가 다섯 명, 여자가 두 명이었다. 의사들은 각자 배정된 방에서 환자와 일대일로 상담했다. 상담 치료라고는 하지만 결국 환자의 이야기를 들어주고 약을 먹으라고 설득하는 것 이상은 아니었다. 카를 융의 유산을 배우려는 사람이 남아있기는 한 걸까.

산티아고의 주치의는 중년의 여자 의사였다. 의사는 검은색 안경을 쓰고 있었고 약간 마른 편이었다. 이야기를 듣는 척조차 하지 않고 약만 먹으라는 권위적인 의사도 있다는 걸 감안하면 산티아고는 운이 좋은 편이었다.

"잘 지냈나요? 일주일 금방 가죠?" 의사가 말했다.

"기분 좋은 꿈을 꿨어요."

"어떤 꿈인지 말해줄 수 있나요?"

"빛으로 가득한 곳에 있었어요. 경이롭고 평안했어요. 마치 우리가 원래 있어야 할 곳인 것 같았어요." 산티아고가 말했다. "다른 것은 기억나지 않아요."

"잠을 잘 자는 것 같아 다행이에요. 전에도 말했다시피 잠자는 게 가장 중요해요. 잠을 못 자면 또 전처럼…."

의사는 말하면서 종이에 산티아고가 하는 말을 요약해서 적었다.

"네, 알고 있어요."

"약은 잘 먹고 있죠?"

"언제까지 먹어야 하나요?"

"이제 일 년 됐으니까 일 년은 더 먹어야 해요."

"지금부터 끊어보면 안 되나요? 일 년 동안 괜찮았잖아요. 한번 약을 끊고 증상을 살펴보고 싶어요."

"안 돼요. 열 명 중에 여덟은 재발해요. 증상도 더 악화될 수 있고요. 그러면 더 많은 약을 먹어야 하는데, 잘못되면 다시는 정상으로 돌아오지 못할 수도 있어요."

"제가 다른 두 명에 속할지 모르는 일이잖아요."

"산티아고 씨, 세상을 살면서 굳이 위험을 감수할 필요는 없어요."

"아뇨. 때로는 모험해야 할 때도 있어요." 산티아고가 말했다. "지금이 그 순간인 것 같아요."

"갑자기 약을 먹지 않으려는 이유가 뭐죠?"

"이곳을 나가고 싶어요. 해야 할 일이 생겼거든요."

"조급한 마음을 가지면 안 돼요. 할 일이 뭔지는 모르겠지만 우선 치료부터 받고 할 일을 하도록 하죠."

"그럴 수 없어요. 왠지 느낌이 그래요."

"그 할 일이라는 게 뭔가요?"

"아직은 잘 모르겠어요." 그가 말했다. "어디로 가야 할지만 알아요."

"그러다 증상이 심해지면 어떤 일도 못 하게 될 거예요."

"그래도 괜찮아요. 세상에 이겨낼 수 없는 일은 없어요."

의사는 책임감 있는 사람이라서 약을 먹는 것에 관해서는 한 발짝도 물러나지 않았다. 그러기는 산티아고도 마찬가지라 둘은 계속 같은 말을 반복했다. 서로 답답한 나머지 상대방에게 조금 화가 났을 즈음 문을 똑똑 두드리는 소리가 났다. 간호사가 들어와서 다음 환자가 기다린다고 일러주었다. 산티아고는 약을 먹겠다고 대충 얼버무릴 수도 있었지만, 끝까지 먹지 않겠다고 우기며 방을 나왔다.

산티아고는 201호로 가려다가 노인이 있는 방으로 향했다. 방에 들어가자 릭과 노인이 침대 위에 앉아서 체스를 두고 있었고 구경꾼도 네다섯 명 있었다. 눈살을 찌푸린 릭의 얼굴이 모든 상황을 말해주었다. 너무 처참하게 지고 있어서 평소에 누가 릭의 코를 납작하게 해줬으면 좋겠다고 마음먹었던 사람조차 릭을 위로하고 싶은 지경이었다. 산티아고는 의기양양하게 노인에게 체스를 하자고 했을 릭의 표정이 그려졌다. 그때는 다른 사람들이 보는 앞에서 이렇게 쓰라린 패배를 맛보게 될 줄 몰랐을 것이다. 릭은 더 이상 병원에서 체스 일인자라고 말할 수 없게 되었다.

"체크메이트."

"못 당하겠네요." 릭이 머리를 긁적이며 말했다.

"방금은 전 판과 같은 실수 아닌가. 나이트를 그곳에 두면 안 되었네."

"그러게요. 같은 실수를 반복하네요. 그게 인간이죠. 뭐. 다음에 다시 도전하겠습니다."

"마음대로 하게. 젊은 친구의 도전은 언제나 환영이야."

뜻밖에도 일방적인 경기가 끝나고 구경꾼들은 이런저런 이야기를 하며 방을 나갔다. 방에는 노인과 산티아고, 릭이 남았다. 노인은 바깥 공기를 쐬려고 창문을 열었다.

"산티아고, 아직 안 죽었네?" 릭이 체스판을 정리하면서 말했다. "왜 사람 걱정하게 만들고 그래."

"만나러 가야겠어."

"누구를?"

"알잖아."

"아직도 못 잊은 거야?"

"응. 절대 못 잊어. 한순간도 잊은 적 없어." 그가 말했다. "잊고 싶지도 않아."

노인은 미소 지었다.

"좋겠다. 나는 누군가를 그렇게 좋아해 본 적 없거든."

"누군가를 죽을 만큼 좋아하는 건 축복일까, 저주일까?"

릭은 오늘 의사와 면담이 있다며 말을 잇지 않고 일어섰다. 이제 방에는 노인과 산티아고 둘만 남았다. 둘은 어느 새 아무 말 하지 않아도 어색하지 않은 사이가 되었다. 산 티아고는 생각에 잠겼다. 창문으로 부드러운 봄바람이 들 어왔다. 노인은 산티아고가 생각에 집중하는 걸 알고 방해 하지 않으려 괜한 질문을 하지 않았다.

한참 뒤에 릭이 돌아오더니 노인에게 다시 한번 체스를 하자고 도전장을 내밀었다. 물론 결과는 한 줄기 희망조차 없는 끔찍한 패배였다. 노인은 인자한 얼굴과 다르게 체스 두는 방식은 공격적이고 무자비했다. 노인과 릭은 경기 내 용을 되짚어 보며 한참 이야기를 나누었다. 그때까지도 산 티아고는 말이 없었다. 릭이 몇 가지 패배 원인을 이해하고 방을 나갔을 때는 이미 밖이 어둑어둑해져 있었다.

"이곳을 나가야겠어요."

"그 말을 기다리고 있었네."

6

—

ჭკვიანი

산티아고는 이틀 동안 병원 주변을 살펴봤다. 병원 건물
은 담장으로 둘러싸여 있었고 공원을 지나 정문이 있었다.
담장을 넘자니 너무 높아서 나가는 곳은 정문 하나뿐이었
다. 병원 분위기는 밤에 혼자 안을 돌아다녀도 될 정도로
자유로워서 정문을 통과하는 것만 신경 쓰면 될 것 같았다.

"이곳을 나가겠다고?" 릭이 말했다.

"쉿, 큰 소리로 말하지 마." 산티아고가 말했다. "네가 좀
도와줘야겠어."

"그렇게 말하니까 나도 나가고 싶은데? 나도 같이 갈까?"

"그러든가. 우리는 사카르트벨로로 갈 거야."

"장난이야. 그래서 뭘 도와주면 되는데?"

계획은 간단했다. 정문을 지키는 경비원이 있는데 누가 그 사람의 주의를 끌면 그사이 정문으로 나가는 계획이었다.

탈출을 계획하면서 주의 깊게 주변을 살펴보니 이전에는 보이지 않던 것들이 보였다. 예를 들면 2층 로비에 있는 두 간호사는 사이가 별로 안 좋았다. 둘은 아름다운 편이었는데 203호에 있는 잘생긴 남자를 좋아하는 것 같았다. 우울증 때문에 입원한 환자였다. 그는 산티아고가 봐도 퍽 잘생겨서 살짝 부럽기까지 했다. 잘생긴 남자가 우울증이라니. 산티아고는 생각했다. 세상에는 다양한 일들이 일어나니까. 무슨 일을 겪었기에 이곳에 왔을까?

산티아고가 노인의 방에 들어갔을 때는 이미 릭이 와있었다. 노인은 침대에 앉아서 녹차를 마시고 있었다.

"이곳도 살만하군." 노인이 말했다.

"어디에 있느냐보다는 누구와 있느냐가 중요하니까요." 산티아고가 말했다.

"둘이 나가면 나 혼자 심심하겠는데." 릭이 말했다.

"너는 친한 사람 많잖아."

"그래도 이야기할 때 재밌는 사람은 별로 없거든. 둘이랑 같이 있으면 나도 똑똑해지는 기분이야." 릭이 말했다. "사카르트…. 어디로 간다고?"

"사카르트벨로."

"나도 여길 나가게 되면 한번 찾아갈게."

"인연이라면 굳이 만나려고 하지 않더라도 언젠가 다시 만날 걸세."

"그렇죠. 인연이라면…."

산티아고는 인연이라는 말을 듣자 그녀를 생각했다. 그는 그녀와 인연일까. 세상 누구를 다시 못 봐도 괜찮다. 보고 싶은 건 그녀뿐이었다. 세상에 누구도 그 무엇도 그녀와 비교하면 하나의 점에 불과했다.

늦은 오후 릭은 체스를 가져와 다시 노인에게 도전했다. 아마 이길 생각은 아니었을 것이다. 노인은 마지막이라고 봐주는 것 없이 공격했다. 노인이 체크메이트라고 말하자 릭의 표정이 일그러졌다. 릭은 끝내 한 판도 이기지 못했다. 노인을 궁지에 몰아넣는 상황조차 벌어지지 않았다. 그의 표정에서 아쉬움이 보였다. 그래도 처음 졌을 때보다는 오래 버텼다는 사실이 그를 위로해 주었다.

밤이 되었고 사람들 대부분은 잠이 들었다. 노인과 산티아고, 릭은 병원 건물을 나와 공원을 지나고 정문으로 걸어갔다. 정문에는 삼십 대 초반으로 보이는 덩치가 산만 한 남자가 경비실 의자에 앉아서 신문을 읽고 있었다. 세 명이 덤벼들어도 제압하지 못할 것 같은 몸집이었다.

노인과 산티아고는 커다란 나무 뒤에 숨고 릭이 경비원에게 다가가서 말을 걸었다. 무슨 말을 하는지 들리지는 않았는데 한 번은 경비원이 호탕하게 웃는 것이 보였다. 삼십 분 정도가 지났을 때 경비원과 릭은 경비실에서 나와 계속 이야기를 나누며 병원 건물 쪽으로 걸어갔다. 무슨 웃긴 이야기라도 하는 것 같았다. 그사이 노인과 산티아고는 정문을 빠져나왔다.

산티아고는 노인을 따라서 걸었다. 너무 순조로웠다. 이럴 리가 없었다. 아까 전부터 무언가 중요한 걸 놓쳐버린 찜찜한 기분이 들었는데 이유를 알 수 없었다. 방을 나선 뒤에 갑자기 가지고 갈 물건이 생각나는 것처럼 십 분 정도 걸었을 때, 그는 가장 소중한 물건을 두고 왔다는 것을 깨달았다.

"사진! 사진을 놓고 왔어요!"

산티아고는 급하게 병원으로 뛰어갔다. 바보같이 어떻게 사진을 놓고 올 수 있지? 산티아고는 생각했다. 벌써 경비가 돌아와 있으면 안 되는데.

다행히 경비실에는 아직 사람이 없었다. 그는 201호까지 계속 뛰어갔다. 방에 도착해서 모든 서랍을 뒤졌다. 사진은 보이지 않았다. '대체 어디 있는 거야.'라고 생각하며 침대 이불을 샅샅이 뒤져도 사진은 없었다. 그러다가 침대 머리맡에 있는 책을 훑어봤다. 사진은 사랑에 관한 구절이 있는 장에 꽂혀있었다. 그는 사진을 꽂은 책을 그대로 챙겨서 방을 나갔다.

정문에 도착했을 때도 경비원은 보이지 않았다. 릭에게 고마웠다. 산티아고는 정문 앞에 잠깐 멈춰서 혹시 또 놓고 온 것이 있는지 생각했다. 이제 더는 챙겨갈 게 없다고 결론을 내렸을 때, 멀리서 누군가 크게 소리치는 것이 들렸다.

"거기 누구야!"

경비원이 소리를 지르며 뛰어왔다. 릭이 그를 붙잡았지만 아주 잠시 멈추게 한 것이 전부였다. 산티아고는 있는 힘을 다해 뛰었다. 상쾌한 봄날의 밤공기가 목구멍을 타고 가슴 깊숙이 들어왔다. 심장이 두근거렸다. 누군가에게 쫓기는 상황이 오랜만이었다. 긴박한 가운데서도 어릴 적에 경찰과 도둑으로 팀을 나눠 경찰을 피해 뛰어다니던 날이 떠올랐다. 그러자 지금이 경비원에게 붙잡히면 안 되는, 병원을 탈출하는 놀이 같았다.

그는 도둑팀에서 항상 에이스였다. 어렸을 때는 뭐가 좋다고 그렇게 뛰어다녔을까. 그는 생각했다. 왜 사람은 나이가 들면서 모든 게 귀찮아지는 거지? 왜 어렸을 때는 중요했던 것들이 이제는 사소해 보이는 거지? 진정으로 인간에게 중요한 것은 뭘까. 다시 그 시절로 돌아갈 수 있을까.

그는 계속 뛰었다. 해방감이 느껴졌다.

이윽고 눈앞에 산티아고를 기다리는 노인이 보이기 시작했다.

"뒤에 쫓아오는지 봐주세요." 산티아고가 숨을 헐떡이며 말했다.

"아무도 없네. 우리 둘뿐이야." 노인이 말했다. "찾아오려던 게 그 책인가?"

"아뇨." 산티아고가 사진을 보여주며 말했다. "저에게는 이것밖에 남아있지 않아요. 그녀의 얼굴을 잊어버릴까 무서워요."

"얼굴도 목소리도 시간이 지나면 점점 희미해지겠지. 너무 희미해져 어느 순간에는 기억의 한 조각조차 되지 못할지도 모르네. 하지만 사랑하는 이의 이름은 가슴속에서 절대 지워지지 않아. 영원히 기억되지. 그게 우리에게 이름이 있는 이유라네."

노인과 산티아고는 서쪽으로 걸어갔다. 둘은 달빛 아래를 걸었다. 구름에 가려서인지 별은 보이지 않았다.

7

—

მხიარული

그는 이성적인 사람이었다. 이성적인 사람들이 으레 그렇듯이 그를 잘 모르는 사람들이 보기에는 약간 무뚝뚝하고 차가워 보였다. 그는 첫눈에 반한다는 말을 믿지 않으며 살았다. 운명 같은 사랑 이야기는 그저 이야기로만 존재하는 줄 알았다. 그는 괜찮은 사람을 만나 괜찮은 사랑을 하고 때로는 헤어지기도 하는 것이 인생이며, 사람들이 흔히 말하는 결혼할 나이가 되었을 때 만나고 있는 사람과 결혼하는 것이라고 생각했다. 그런데 아니었다. 그녀를 만나고 세상에는 한 사람을 위한 다른 한 사람, 오직 한 사람이 존재한다는 것을 알게 되었다. 그는 그녀를 처음 만난 날에 친구에게 말했다. 왠지 그녀와 결혼하게 될 것 같다고.

둘은 처음 본 순간부터 서로를 좋아했다. 웃기게도 둘은 상대가 자기를 좋아하지 않을 거라고 생각하면서도 서로를 좋아하고 있었다. 맥주를 마시고 솔직한 대화가 시작되자 둘은 더욱 가까워졌다.

그는 그녀가 말할 때마다 계속 고개를 끄덕거렸다. 그가 말하려고 하는 걸 그녀가 똑같이 말해서 신기했다. 아마 그녀는 그가 끊임없이 고개를 끄덕거리니까 오히려 진심으로 공감해서가 아니라 예의상 하는 반응이라고 생각했을 것이다.

둘은 헤밍웨이를 좋아했다. 자식을 네 명 낳고 싶어 했고 원하는 순서도 아들, 딸, 딸, 아들로 같았고, 서로가 두 명씩 자녀의 이름을 지어놓은 것도 같았다. 그리고 신에 대해서도, 사랑에 대해서도 비슷한 생각을 가지고 있었다.

둘은 어렸을 때 아빠가 바람을 피운 것도 같았다. 그는 만난 지 일주일도 안 된 그녀에게 지금껏 살아오면서 누구에게도 말하지 못했던 이야기를 했다. 잊고 싶지만 절대 잊을 수 없는 이야기. 열두 살 즈음에 눈앞에서 엄마가 자살하려고 한 이야기였다.

엄마가 아빠의 외도 사실을 알고 나서 난간에서 뛰어내려 죽으려고 했을 때, 어린 그는 이불 속에서 계속 자는 척을 했다. 가서 말려야 한다고 생각은 했지만 무서워서 아무

구름 위에는

것도 할 수가 없었다. 열두 살 어린아이에게는 너무 가혹한 일이었다. 두 주먹을 꽉 쥐고 속으로 '안 돼!'라고 외치던 순간 엄마의 죽음을 막은 건 두 여동생이었다. 동생들이 울면서 엄마에게 매달리는 동안에도 열두 살 남자아이는 끝까지 이불 속에 숨어있었다.

그날 동생들이 용기를 내서 막은 덕분에 엄마는 죽음을 선택하지 않았다. 다행인 일이었지만 그에게 그 기억은 부끄러움으로 남았다. 남자인데, 큰오빠인데 동생들이 엄마를 말릴 때 자기는 숨어서 아무것도 하지 않은 미안함은 훗날 죄책감으로 변해있었다.

시간이 지나 그날의 끔찍한 기억은 희미해졌지만 그는 이유도 모른 채 자신을 사랑하지 않고 살았다.

그는 울면서 말했다. 그녀는 이야기를 들어주었다. 그리고 말해주었다. 그때 동생들은 서로의 눈을 바라보고 있었다고. 그래서 서로 힘이 되어 용기를 낼 수 있었다고.

그녀는 울고 있던 어린 시절의 그에게 손을 내밀어 주었다. 그녀의 한마디는 어둠을 몰아내는 빛이 되었다.

완전한 인간은 없다. 아니, 인간은 혼자서는 아무것도 할 수 없다. 그러나 이 세상에 자신의 눈을 바라보는 단 한 사람이 있다면, 서로가 힘이 되어준다면 우리는 모든 것을 삼키는 어둠에도 맞설 수 있다.

"운명 같은 사랑을 믿어?"

그녀가 그의 눈을 지그시 바라보며 물었다.

그는 알게 되었다. 이 세상에 자신의 눈을 바라봐 줄 단한 사람이 있다면 그 사람은 그녀라는 것을.

그는 솔직하게 대답했다. 운명을 믿지 않고 살아왔지만 정말 나도 믿기 힘들지만 너를 만나고 사랑을 믿게 되었다고. 내가 기다리는 줄도 모르며 기다려온 사람이 바로 너인 것 같다고.

그녀가 먼저 그의 손을 잡았다. 그 뒤부터는 그가 그녀의 손을 잡았다.

그는 자신이 그저 남들보다 조금 똑똑한 사람이라고 생각하면서 살았다. 그런데 이쁘고, 착하고, 똑똑하고, 웃긴 그녀가 그리고 세상에서 가장 멋있는 사람인 그녀가 그를 좋아하다니, 그는 자기가 생각보다 괜찮은 사람이라는 걸 알게 되었다. 그는 자신을 사랑하게 되었다.

그는 마치 그녀를 만나기 위해 이 세상에 태어난 것 같았다. 세상이 존재하는 이유도 그가 그녀를 만난 이 순간을 위해서인 것 같았다. 지금까지 들어온 모든 노래는 그녀에게 들려주기 위한 것이 되어있었다. 어렸을 때의 부끄러운 기억조차도 그녀에게 위로받기 위한 것이었다. 아빠를 지금껏 용서하지 못한 그였지만 그녀와 비슷한 경험을 하게

구름 위에는

된 것을, 그녀에게 공감할 수 있는 기억을 가진 것에 오히려 감사함을 느꼈다.

둘은 그저 좋은 날을 보내지 않았다. 매일 기억에 남는 하루, 진실되고 솔직한 하루를 보냈다.

둘은 세상에서 가장 나쁜 짓이 거짓말이라는 것을 알았다. 그녀는 어렸을 때 한 번 할머니에게 거짓말을 한 적이 있다. 거짓말을 듣고 할머니는 그 자리에서 울었다. 그 뒤부터 그녀는 거짓말을 하지 않는 진실된 사람으로 자라났다.

맑고 하얀 피부, 귀여운 얼굴에 살짝 통통한 몸매 그리고 풍만한 가슴. 그녀는 아기 돼지를 닮았다. 그녀도 자신이 돼지를 닮았다는 걸 알고 있는 것 같았다. 그는 그녀를 놀리고 싶었지만 조금 더 친해지면 놀리려고 참았다.

그녀는 그의 눈이 좋다고 했다. 그도 그녀의 눈이 좋았지만, 왠지 따라서 대답하는 것 같아 다른 대답을 생각하다가 말을 못 하고 넘어갔다. 그녀의 눈동자는 연한 갈색이었다. 그녀의 다른 모든 부분과 다르게 눈동자는 저 멀리 동양에 있는 어떤 나라의 것인 것 같았다.

하루는 그녀가 이 년 동안 준비한 공연을 하루 앞둔 날이었다. 그는 그녀를 집에 바래다주며 내일 잘할 거라고 응원했다. 그런데 돌아온 대답은 뜻밖이었다. 못해도 된다고? 처음 듣는 말이었다. 누군가 응원하면 습관적으로 "잘할게."라는 대답을 듣는 게 익숙했던 그는 충격을 받았다. 못 해도 된다니. 그는 대화를 나눌수록 그녀가 더 궁금했다.

그녀는 아름다운 사람들이 그렇듯이 이름부터 아름다웠다. 그녀의 이름은 그녀를 더 아름답게 했고 그녀의 이름은 그녀이기에 더 아름다워졌다.

그녀는 주위의 모든 것을 아름답게 만들었다. 아니, 세상 모든 것을 아름답게 만들었다. 심지어 그녀가 없을 때도 세상이 아름다워 보였다. 그는 지나가는 여자들도 아름다워 보여서 일부러 그쪽을 쳐다보지 않았다. 혹시라도 그녀가 질투할까 봐. 모든 사람이 아름다워 보였지만 이뻐 보이는 사람은 세상에서 단 한 명뿐이었다.

차가운 세상이지만, 거짓으로 가득 찬 세상이지만 그녀와 함께라면 무슨 일이든, 어떤 일이든 견딜 수 있을 것 같았다.

그는 그와 그녀를 닮은 아기를 가지고 싶어졌다. 그는 아직 태어나지도 않은 아이에게 알려주고 싶었다. 그가 그녀를 만난 순간을, 그의 세상에서 모든 어둠이 사라진 순간을.

그는 그녀를 바래다주고 침대에 누워 그날 하루 있었던 일들을 되돌아보았다. 그녀가 무슨 뜻으로 한 말들인지 혹시, 그가 한 말이 그녀 기분을 상하게 하지는 않았을지 생각하고 내일은 그녀와 뭘 할지 고민했다. 침대에 누워있는데도 심장이 계속 두근거렸다. 너무 설렌 나머지 그는 밤새 도록 그녀 생각을 멈출 수 없었다.

다음 날도 그다음 날도 그녀를 만났고 매일 밤 그녀를 생각하느라 잠들지 못했다. 며칠 동안 한숨도 못 잤지만 피곤하지 않았다. 약간의 어지럼증도 없이 정신이 맑았다. 그래서 그는 잠을 자지 않아도 괜찮은 줄만 알았다.

잠을 못 잔 지 일주일 째 되는 날 그는 결국 미쳐버렸다. 그날 둘은 만나면 안 되었다.

그녀를 마지막으로 보기 전날 밤 그는 신을 만났다. 그리고 모든 것을 알게 되었다. 악마는 신과 함께 있었다. 그가 악마를 보자 악마도 그를 바라봤다.

뱀은 혼자 있는 그에게 찾아왔다. 최초의 여자에게 그랬던 것처럼.

그날 둘은 사람이 많은 곳에서 만났다. 동양의 건물이 많아 이국적인 분위기가 나는 그곳에는 연인과 가족, 친구들이 모여서 좋은 시간을 보내고 있었다. 솜사탕을 들고 행복한 표정으로 걸어가는 아이, 꽃다발을 들고 걸어가는 남자는 지켜보는 사람도 설레게 했다.

평화로운 그곳에서 그는 혼자 지옥에 있었다. 망상에 빠진 것이다. 지나가는 사람이 갑자기 칼을 꺼내 그녀를 찌를 것 같은 느낌이 들었다. 그는 그녀 대신 죽으려고 지나가는 사람의 앞을 막아섰다. 물론 칼에 찔리는 일 같은 건 일어나지 않았다. 문제는 그가 자신이 미쳤다는 사실을 모른다는 것이었다. 그녀는 그의 이상한 행동에 약을 했냐고 물어봤다. 그는 그날에 약을 하지 않았다. 그래서 아니라고 했다. 그는 거짓말을 하지 않았다.

그가 가끔 이상한 행동을 하고 횡설수설하기는 하지만 대화가 안 될 정도로 미친 것은 아니었다. 둘은 좋은 시간을 보내기도 했다. 저녁에 손을 잡고 걸어가다가 그녀가 갑자기 그에게 키스했다. 부드럽고 따듯했다. 이제는 희미한 그날의 모든 일들과 다르게 그 순간은 아직 선명하게 남아 있다. 아마 죽어서도 잊을 수 없겠지.

나쁜 일은 그날 밤에 일어났다. 그는 남자가 여자에게 줄 수 있는 가장 큰 상처를 그녀에게 주었다. 마지막에 그녀가 그의 방에서 나갈 때도 붙잡지 않았다. 그는 운명을 받아들였다.

다음 날에도 그는 그녀와 함께 있어주지 못했다. 그에게 루시퍼가 찾아왔다. 그는 교회에 가서 자신이 신이라는 미친 소리를 하고 다녔다.

악마에게 속았다는 걸 깨달았을 때, 가장 소중한 사람에게 상처 줬다는 걸 알았을 때, 그녀를 붙잡으러 가야 한다는 사실을 알았을 때 그의 부모가 나타나 그를 막았다. 그

구름 위에는

는 부모님이 자신을 막는 악마로 보였다. 엄마를 때리며 꺼지라고 욕하고 그녀에게 달려가려고 했다. 부모는 처음 보는 아들의 모습에 놀라며 주변 사람들을 불러 그를 못 가게 막았다. 그리고 정신병원으로 끌고 갔다.

그녀는 그를 어떻게 생각할지 모르겠다. 오로지 그녀의 몸을 원해서 거짓으로 사랑을 말한 사람으로 기억할까? 정신병을 숨기고 그녀를 만났다고 생각할까? 아니면 생각조차 하기 싫을까? 모르겠다. 그날 기분이 비참했을 거라는 것만 알아. 미안해. 미안하다는 말 말고는 무슨 말을 해야할지 모르겠어. 미안해.

정신병원에서 그는 강제로 진정제를 맞고 곤한 잠에 빠졌다. 그리고 사흘 뒤에 깨어났다. 그가 깨어났을 때 그녀는 곁에 없었다.

8

—

∞

　오전 11시가 되어서야 산티아고는 눈을 떴다. 다리 밑이었고 옆에는 천이 흐르고 있었다. 차가운 겨울은 이미 지나가서 밖에서 잠이 들어도 얼어 죽을 걱정은 없었다. 산티아고는 밖에서 이불도 없이 잠든 것은 처음이었는데 이 정도면 노숙도 할만하다고 생각했다. 천의 양옆으로 길이 나 있었고 그 길로 사람들이 걸어 다녔다. 그가 눈을 뜨고도 계속 다리 밑에 누워있자 지나가는 사람들이 불쌍한 눈으로 쳐다봤다. 50대 정도로 보이는 아주머니는 여기서 자면 감기 걸린다며 걱정했는데, 그는 웃으며 괜찮다고 말했다.

　이십 분 정도 아무 생각 없이 누워있으니 멀리서 노인이 걸어왔다. 노인의 손에는 먹을거리가 있었다. 샌드위치였다. 둘은 다리 밑에 있는 벤치에 앉아서 샌드위치를 먹었다. 다 먹고 나서 길을 따라 걸어갔다. 산책하는 사람들이 많았는데 젊은 사람들은 별로 보이지 않고 대부분 40대 이상이었다.

일 년 만에 나온 세상은 그대로였다. 사람들은 커피를 마시거나 어딘가로 바쁘게 걷고, 연인과 손을 잡고 걸었다. 세상에 불만이 가득했는지 아침부터 공원 벤치에 앉아 허공에 대고 고래고래 소리를 지르는 노인도 있었다. 그 주변을 지나가는 사람들은 괜히 시비에 휘말리지 않으려고 노인을 피해서 걸었다.

정신병원 안이나 밖이나 거기서 거기였다. 별로 다를 것이 없어 보였다. 다른 게 하나 있다면 자유가 있고 없고의 차이였다. 바깥세상에는 자유가 있고 병원 안에는 자유가 없다. 아니다. 반대일지도 모른다. 병원에 자유가 있고 세상에는 자유가 없다. 때로는 자유가 구속이 되고 구속이 자유가 되는가?

노인과 산티아고는 밖에 테라스가 있는 카페로 들어갔다. 노인이 아메리카노를 주문하자 산티아고도 종업원에게 같은 것으로 달라고 했다. 테라스에 한자리가 비어있어서 둘은 그곳에 앉았다. 햇빛은 따스했고 뭉게구름이 바람을 따라 어디론가 흘러가고 있었다.

"그냥 아메리카노도 아니고 아이스라니 취향이 젊으시네요." 산티아고가 커피를 한 모금 마시며 말했다.

"나를 시대에 뒤떨어지는 노인네라고 생각하지 말게. 아이스 아메리카노는 젊은이들만의 것이 아니야."

노인은 다리를 꼬고 앉아서 커피를 마시고는 테이블에 내려놨다.

"대추차 같은 걸 좋아하실 줄 알았는데요."

"사실 대추차도 좋아하긴 하네."

"저는 별로 안 좋아해요. 왠지 몸이 좋아질 것 같은 맛이에요."

"몸에 좋은 것들은 대부분 맛이 비슷하지."

"생각해 보니까 어렸을 때는 약을 안 먹는다고 해서 엄마한테 혼난 적도 있는 것 같아요. 지금은 그 정도는 아닌데."

"나이를 더 먹으면 자네도 대추차의 맛을 알게 될 걸세."

"왜 나이가 들면 입맛이 바뀌는 걸까요?"

"우리의 무의식이 몸에 좋은 것을 원하기 때문이 아닌가 싶네." 노인이 말했다. "무의식이 우리를 운명으로 인도한다네."

"운명이라는 말 좋아하시네요."

"그보다 신의 뜻을 잘 표현한 말은 없을 거야."

"운명이라는 말을 들으면 뭐랄까…" 산티아고가 잠시 생각하더니 말했다. "뭔가 심오한 것, 언제나 닿고 싶었던 것에 다가간 것 같은 기분이 들어요."

"그 말속에 진리가 있기 때문에 그렇다네. 자네는 몰라도 자네의 무의식은 그것을 알고 있어. 그리고 무의식은 자네의 일부라네."

"무의식이 진리를 알고 있다는 말씀이신가요?"

"어린 시절에는 우리 모두 그랬네. 그러다가 나이를 먹고 용기를 내야 할 순간에 용기를 내지 못하고 세상에 물들면서 진리와 멀어진 사람들이 많아. 그런 사람들의 무의식에는 진리가 없네. 우리는 좋은 것을 보고, 좋은 것을 듣고, 좋은 것을 말해야 해. 그러면 무의식이 진리와 가까워지고 그것은 우리를 가장 높은 곳으로 인도할 걸세."

"나쁜 친구도 두면 안 되는 것 같아요."

"그런 사람들을 친구라고 부르지 말게. 친구라는 단어는 고귀한 것이네. 그들은 그저 어린 시절의 추억을 공유한 사람일 뿐 그 이상은 아니야. 나쁜 사람들을 멀리하게. 같이 있으면 나도 모르게 물들어. 계단을 오르는 건 어렵지만 내려오는 건 너무나 쉬운 일이야. 우리는 계단을 같이 오를 사람을 곁에 둬야 하네." 노인이 말했다. "친구란, 넘어지면 일으켜 주며 가장 높은 곳을 향해 함께 가는 둘이라네."

둘은 커피를 다 마시고도 한참을 앉아있었다. 산티아고가 빨대에 입을 대고 빨아들이자 얼음에서 녹은 지 얼마 안된 물이 소리를 내면서 입 안으로 들어왔다. 그는 카페 안의 사람들을 둘러봤다. 오른쪽 테이블에 40대 정도로 보이는 아주머니들이 이야기를 나누고 있었다. 한 번은 아주머니들이 큰 소리로 깔깔대며 웃기에 무슨 이야기를 하는지 들어봤더니 남편 욕을 하는 중이었다. 마치 누구의 남편이 더 얼간이인지 서로 내기라도 하는 듯했다.

"옆에 있는 사람들은 서로 친구라고 말할 수 있나요?" 산티아고가 눈짓으로 오른쪽을 한번 가리키며 물었다.

"지금 대화만 듣고 함부로 말할 수는 없을 것 같네. 남편이 잘못했다면 가끔 욕을 할 수도 있지. 남자가 여자의 속을 썩이는 경우가 많지 않나. 선을 넘지 않고 재밌게 욕을 하는 것은 괜찮다고 생각하네. 하지만 저들이 매일 남편 욕만 하는 사람들이라면 과연 남편 욕만 하겠나? 세상 모든 사람을 씹어대겠지. 그들이 만날 때마다 부정적인 기운을 나누며 계단을 내려간다면 사실은 친구라는 가면을 쓴 적이라고 말하고 싶네." 노인이 말했다. "좀비들은 자신이 좀비인 것을 몰라."

"한 번도 빛난 적 없는 사람들이 빛나는 사람들을 욕하는 세상이에요."

"왼쪽을 보게."

산티아고는 왼쪽에 앉은 사람이 시선을 느끼지 않을 정도로 힐끔 쳐다봤다. 머리를 빡빡 밀고 몸집이 좋은, 30대 초반으로 보이는 남자가 집중해서 헤겔을 읽고 있었다. 흔히 말하는 패션 민머리인 것 같았다. 그는 책을 읽다가 가끔 연습장에 뭔가를 적기도 했다.

"헤겔을 읽어봤나?"

"아뇨. 이름은 들어봤는데 읽어보지는 않았어요."

"시간이 나면 한번 읽어보는 것을 추천하네. 위대한 생각하는 사람 중 한 명이야. 나는 이 순간만 보자면 오른쪽 사람들보다 왼쪽의 남자와 헤겔이 더 친구라는 말에 가까워 보이네."

"무슨 말인지 알겠어요. 저도 그런 종류의 친근함을 느낀 적이 있어요."

"자네는 누구를 좋아하나?"

"가우스, 카를 융, 니체, 조던 피터슨…. 좋아하고, 존경하는 사람이 많지만 딱 한 명만 꼽으라면 헤밍웨이예요." 산티아고가 말했다. "그녀도 헤밍웨이를 좋아했어요."

"헤밍웨이라. 나도 좋아하는 친구야. 어떤 작품이 가장 좋은가?"

"당연히 《노인과 바다》죠. 세상 어디에도 그보다 인간이 어떤 존재인지 잘 알려주는 이야기는 없을 거예요."

"노인의 모든 것이 늙거나 낡아있었다. 하지만 두 눈만은 그렇지 않았다." 노인은 갑자기 《노인과 바다》의 한 구절을 읊었다.

"지금 자기소개하시는 건가요?"

노인은 껄껄대며 웃었다.

"내가 이래서 자네를 좋아해." 노인이 말했다. "자네는 어느 구절을 좋아하나?"

"인간은 파괴될지언정 패배하지 않아."

둘은 그 말에 감탄을 내뱉었다.

"한 문장에 모든 것이 담겨있네. 《노인과 바다》는 짧은 이야기지만 그마저도 읽기 귀찮다면 그 한 문장만 읽으면 될 정도야. 인간은 패배를 위해 창조되지 않았어. 신은 인간을 자신을 닮은 위대한 존재로 만들었네." 노인이 말했다. "많은 사람이 진실을 모르고 있어."

산티아고는 노인을 바라봤다. 말을 마치고 나서 무슨 생각에 잠겼는지 노인의 눈이 슬퍼 보였다. 산티아고는 일부러 노인에게 말을 걸었다.

"헤밍웨이는 지금 뭘 하고 있을까요?"

"진실을 알고 싶나?" 노인의 눈이 아이처럼 반짝였다.

"언제나 알고 싶었어요."

"글을 쓰고 있네."

"헤밍웨이답네요. 한번 만나보고 싶어요. 친한 친구가 될 것 같은 느낌이 들어요."

"그도 자네를 좋아할 거야. 어쩌면 하늘에서 구경하면서 자네의 이야기를 소설로 쓰고 있을지도 모르지." 노인이 말했다. "그건 모르는 일이라네."

"그렇다면 저야 영광이죠."

"어려움이 닥쳤을 때는 신앙심이 없는 사람조차도 신에게 살려달라고 기도하는 것이 인간의 마음이지. 그렇지만 우리는 두려움을 극복해야 하네. 우리가 살아남는 것을 바라지 않고 멋있게 죽기를 바란다면, 신이 흐뭇한 미소를 지으며 바라볼 거야." 노인이 말했다. "이 세상은 멋있게 죽는 사람들을 위해 존재하네."

산티아고는 노인이 신을 알고 있다는 말이 진실에 더 가까울 것 같다고 생각했다.

9

—

 მთელ სამყაროში ყველაზე

노인과 산티아고는 서쪽으로 걸었다. 길 양옆으로 연분홍색 꽃이 피어있었다. 얼마쯤 더 가자 동양의 건물로 이루어진 작은 마을이 나왔고 그곳에는 아직 끝나지 않은 봄을 즐기려는 사람들로 북적였다. 구름이 많았지만 햇빛이 구름 사이로 내려오는 맑은 날씨였다.

"동쪽 끝에 있는 어느 나라에서는 이 꽃을 '사쿠라'라고 부른다네." 노인이 연분홍색 꽃을 가리키며 말했다.

"사쿠라요? 아름다운 이름이네요."

"아름다운 것들은 이름부터 아름답지."

둘은 발길 닿는 대로 마을 안을 돌아다녔다. 사람들은 저마다 작은 축제를 즐기고 있었다. 동양의 옷을 빌려 입고 돌아다니는 연인들 덕에 더욱 이국적인 분위기가 났다. 흩날리는 벚꽃잎도 동양을 떠올리게 했다. 길을 따라서 옆에는 작은 물길이 있었는데 대여섯 살쯤 되어 보이는 아이가 신발을 벗고 그 안에 들어가 물장구를 치며 놀았다. 옆에서는 부모가 아이를 지켜보았고, 물길 끝에는 물레방아가 시원한 물소리를 내며 돌았다.

노인은 솜사탕을 하나 사서 물장구치는 아이 주변에 있는 바위에 걸터앉았다. 산티아고도 옆에 앉았다. 노인이 솜사탕을 손으로 뜯어먹자 맛있어 보였는지 아이가 물장구를 치다 말고 노인 앞에 다가와서 똘망똘망한 눈으로 쳐다봤다. 노인이 솜사탕을 한 줌 떼어주자, 아이가 맛있게 먹었다. 그런데 아이가 다 먹고도 노인 앞에 서있자, 노인은 솜사탕을 한 번 먹고는 남은 것을 다 주었다. 이 광경을 본 아이의 부모가 와서 아이에게 "'감사합니다.'라고 해야지."하고 가르쳤고, 아이는 앙증맞은 두 손을 모아 배꼽 인사를 하고 사라졌다. 노인은 미소 지었다.

"아이를 좋아하시나 봐요."

"나는 순수한 사람이 좋네."

"나이를 먹어가면서 잃어버리는 것, 잊어버리는 것들이 있으니까요."

"꿈, 울음, 부끄러움, 순수함 같은 것들이지."

"세상이 인간을 그것들에서 멀리 떨어뜨려 놓는 것 같아요."

"만만치 않은 세상이야. 그래도 세상이 너무 쉽다면 재미가 없지 않겠나? 신이 세상을 어렵게 만든 이유가 인간을 재밌게 해주려고 그런 것 아니겠나? 어려운 만큼 세상을 이겼을 때의 행복 또한 클 걸세. 세상을 이기고 다시 어린 시절의 마음을 되찾았을 때 우리는 온전한 어른, 온전한 인간이 된다네."

산티아고는 지난날을 떠올렸다. 이십 년 넘게 찾던 사람, 모든 것을 함께하고 싶은 사람, 운명 같은 사랑을 믿게 해준 사람을 드디어 만났는데 신은 일주일 만에 그녀를 데려갔다. 한 달도 아니고 일주일이라니. 너무하지 않은가. 신은 공평하다더니 대체 그가 뭘 잘못했다고 세상에서 가장 슬픈 사람으로 만든단 말인가.

"그래도 너무한 것 같아요. 신을 만난다면 솔직히 욕이라도 해주고 싶어요."

노인은 폭소를 터뜨렸다. 그러면서 한 손으로 산티아고의 어깨를 잡았다.

"제가 웃긴 말을 했나요?"

"아닐세, 아무것도 아니야. 내가 이래서 자네를 좋아한다니까." 노인이 웃다가 가까스로 말했다. "그래서 신에게 뭐라고 욕하고 싶나? 내가 전해주지."

"그렇게 말하니까 조금 무서운데요."

"말해보게."

"당신이 공평한지 잘 모르겠고 도대체 어떤 깊은 뜻이 있는지도 모르겠지만, 인간이 이해할 수 없는 일들 좀 제발 그만하라고 말하고 싶어요."

"잘 알겠네. 꼭 전해주도록 하지."

날씨가 점점 흐려지더니 갑자기 소나기가 내렸다. 우산을 준비하지 못한 사람들은 손으로 머리를 가리고 가게 안으로, 나무 밑으로 뛰어갔다. 비가 오자 물길이 더 세차게 흘렀다. 노인과 산티아고는 바위에 앉아있다가 옆에 있던 정자 안으로 들어가 비를 피했다. 얼마 남아있지 않던 벚꽃은 비를 맞아 바닥으로 떨어졌다. 봄비 냄새는 향긋했다.

산티아고는 정자에 앉아서 지나가는 사람들을 바라봤다. 그는 사람들 구경하는 것을 좋아했다. 모든 사람에게 같은 비가 내리지만, 사람들 반응은 다 달랐다. 어떤 사람은 옷이 젖자 하늘에 대고 화를 냈고, 어떤 사람은 하얀 셔츠를 벗어 애인과 함께 덮어쓰고 뛰었다. 누군가에게 비는 축복이고, 누구에게는 저주였다.

"그녀를 생각하나?"

"어떻게 아셨어요?"

"자네 얼굴에 다 쓰여있네."

"그녀는 같이 비를 맞고 싶은 사람이었어요. 그녀와 함께 라면 비를 맞아도 행복했을 거예요."

"정말 사랑했나 보구만."

"사랑이라는 말로는 부족했어요." 그가 말했다. "이제 그녀 아닌 다른 사람은 사랑하지 못할 것 같아요."

둘은 말없이 정자의 가장자리에 앉아있었다. 비는 그치지 않았다. 잠깐 내리는 비가 아니었다. 맑고 청량한 빗소리가 마음을 평안하게 했다. 옆의 담장 위를 걸어가던 고양이도 비를 피해 정자 안으로 들어왔다.

"이곳이었어요."

"뭐가 말인가?"

"마지막 날에 그녀를 만난 곳이요. 이곳에서 그녀 대신 죽으려고 했어요." 산티아고는 말했다. "로미오와 줄리엣 이야기를 들었을 때 아름다운 이야기라고 생각하면서도 마지막 장면은 믿지 않으며 살았거든요. 죽음을 초월할 수 있는 건 아무것도 없다고 생각했어요. 그런데 아니었어요. 그녀를 본 마지막 날에 그녀 대신 죽으려고 했어요. 그날 하루 종일 무서웠는데, 정말 지옥에 있는 것 같았는데 그녀를 지키기 위해 도망치지 않았어요. 그녀가 저에게 용기를 주었어요."

"그게 신이 자네를 좋아하는 이유라네. 자네가 선택받은 이유이기도 하지."

"누군가를 위해 대신 죽는 것이 사랑이라면…." 그가 말했다. "그녀는 저에게 첫사랑이에요."

"어쩌면 마지막 사랑일지도 모르지." 노인이 말했다. "신은 슬픈 이야기를 좋아하지 않아. 슬프고 아름다운 이야기를 좋아하네."

"제가 그녀를 조금만 덜 좋아했더라면, 일주일 중 하루라도 그녀를 생각하지 않고 잠들었다면, 그래서 미치지 않았다면 그녀를 떠나보내지 않았을 거예요." 산티아고가 말했다. "신은 미친 사이코패스예요."

"나도 그렇게 생각하네." 노인은 부드러운 미소를 지으며 말했다. "신은 미친 사이코패스야."

둘은 정자에 한참을 앉아있었다. 계속 기다려도 비가 그치지 않자 산티아고는 노인에게 책을 맡기고 우산을 사러 가게로 달려갔다. 가게에는 진한 파란색 긴 우산이 한 개 남아있었다. 그는 우산값을 계산하고 정자로 돌아왔다.

노인은 책에 머리를 베고 누워서 다리를 꼰 채 천장을 바라보고 있었고, 노인 옆에는 고양이가 배를 하늘에 보이고 누워있었다. 산티아고는 고양이 옆에 누웠다. 천장에는 추적추적 부딪치는 빗소리가 들렸다. 비는 한동안 그치지 않았다.

10

—

მაგარი ადამიანი ხარ

산티아고는 누워있다가 깜빡 잠이 들었다. 고양이가 앞 발로 얼굴을 몇 번 치는 바람에 깼는데 아직도 비가 오고 있었다. 노인은 심심했는지 누운 채로 비가 오는 풍경을 바라보며 휘파람을 불었다. 고양이는 노인의 옆에서 뒹굴었는데 휘파람 소리를 좋아하는 듯했다. 사람을 무서워하지 않는 고양이였다. 아니, 무서워하지 않는 정도가 아니라 애교가 많은 고양이였다.

서늘한 공기에 잔잔한 바람이 불어와 평화로웠다. 산티아고는 누워서 가만히 바람을 맞았다. 아무도 없는 숲속에 혼자 있는 것 같은 느낌이 들었다. 그는 잠에서 깬 뒤에도 이십 분 정도를 꼼짝도 하지 않았다. 노인은 고양이의 연갈색 털을 쓰다듬어 주었다. 산티아고는 십 분 정도가 더 지나서야 겨우 몸을 일으켰다.

노인과 산티아고는 다시 길을 따라 걷기 시작했다. 비가 멈추지 않아서 산티아고가 한 손으로 우산을 들고 노인은 책을 들고 걸었다. 두 사람을 다 가리기에는 우산이 충분히 크지 않아 산티아고의 왼쪽 어깨가 살짝 비에 젖었다. 그는 바닥에 떨어져 있는 꽃잎들을 밟고 싶지 않았지만, 길에 온통 꽃잎이라서 어쩔 수 없었다. 가게 앞 지붕 밑에는 얌전히 비를 피하는 연인이 보였다. 갑자기 내린 비는 두 사람을 더 가까워지게 했다. 비는 사랑하는 사람들을 더 사랑하게 만든다.

얼마쯤 걸어가자 마을 끝이었다. 마을을 벗어나자 많던 사람들이 전혀 보이지 않았다.

비는 갑자기 내린 것처럼 갑자기 그쳤다. 비 온 뒤 하늘은 맑고 푸르렀다. 산티아고는 우산을 접은 뒤 물기를 털었다. 그리고 지팡이처럼 짚고 걸었다. 우산이 땅에 부딪히는 둔탁한 소리가 났다.

"비 온 뒤 하늘은 맑아요."

"비가 하늘을 맑게 하지."

"비가 올 때는 하늘이 보이지 않아요."

"우리는 비가 온다고 낙심할 필요가 없네. 비가 그치면 더 맑은 하늘이 우리를 기다리고 있어. 나는 모든 사람이 맑은 하늘을 보길 바라네."

"비가 너무 많이 와서 문제죠."

"비는 언젠가 그치기 마련이지. 영원히 내리는 비는 존재하지 않아." 노인이 말했다. "신은 감당하지 못할 시련은 주시지 않는다네."

"사실 할아버지를 만난 그날 죽으려고 했어요."

"죽을 생각일랑 하지 말게. 자네도 알지 않나." 노인이 말했다. "인간은 패배하기 위해 창조되지 않았어."

"이제 죽을 생각은 없어요. 저의 곁에 있지도 않은 그녀가 저에게 희망을 줘요." 산티아고가 말했다. "저에게 주어진 희망을 믿을래요."

태양은 다시 밝게 빛났고 하늘에는 얼마 남지 않은 구름이 느리게 어디론가 흘러가고 있었다. 멀리 산등성이가 펼쳐져 있고 길을 따라 나무들이 서 있었다. 나뭇잎은 난 지 얼마 되지 않아서 아직 겨울을 모르는 것처럼 보였다. 나무 위에서 종달새가 지저귀는 소리가 들렸다. 새도 비가 그친 맑은 하늘을 좋아하는 것 같았다. 산티아고와 노인은 앞에 있는 물웅덩이를 피해서 걸었다. 얼마쯤 지나자 냇물이 나왔다. 냇물은 봄 햇살 속에서 하얗게 빛나고 있었다. 비가 와서인지 세차게 흘렀지만 못 건널 정도는 아니었다.

노인은 두 손을 모아 냇물을 떠 마셨다. 그리고 신발을 벗고 발을 담갔다. 산티아고도 노인 옆에 가서 발을 담갔다. 그러자 노인이 물을 한 움큼 떠 그에게 뿌렸다. 산티아고가 기겁하며 도망치자 노인은 배를 잡고 웃었다. 신나서 웃는 노인의 모습은 장난을 좋아하는 천진난만한 아이처럼 보였다.

"하지 마세요."

"나쁜 짓 말고는 다 해도 된다네."

산티아고는 어이가 없어서 웃음이 났다.

"하지 말라는데 하는 건 나쁜 짓인 것 같은데요?"

"아니야. 이런 건 나쁜 짓이 아니야." 노인은 웃으며 말했다.

"그럼 대체 뭐가 나쁜 짓이죠?"

"나쁘다는 것은 악에 물들었다는 것이지." 노인이 말했다. "악에 물들었다는 것은 신에게서 멀어지고 악마에게 가까워졌음을 뜻하네. 말해보게. 내가 악에 물들었나? 내가 자네에게 물을 뿌린 행위가 악에 물들었다고 말할 수 있나? 한번 말해보게."

노인은 사이코패스였다. 산티아고는 머리를 아무리 굴려봐도 반론을 제기할 수가 없었다. 그는 사이코패스가 머리가 좋다는 말이 어느 정도는 맞는 말이라고 생각했다. 노인이 천천히 다가왔다.

"할 말 있는가?"

"…"

"할 말 없는가?"

"…무자비하시네요."

"사실 내 이름이 자비노라네." 노인이 말했다. "악인에게는 자비가 없지. 이런 것이 운명 아니겠나."

"크흡." 산티아고가 간신히 웃음을 참았다. "아, 죄송해요. 이름 가지고 웃으면 안 되는데. 이름이 할아버지랑 어울리기도 하고 아니기도 하네요. 다른 뜻이 아니라 제 말은 이름이 젊어 보인다는 뜻이에요."

"철 지난 노인네가 아니라고 말하지 않았나." 노인이 말했다. "선입견을 가지지 말게. 선입견은 우리를 보호해 주기도 하지만 진실을 보지 못하게도 한다네."

산티아고는 노인의 말을 듣다가 노인이 방심한 틈을 타 물을 뿌린 뒤 신발을 들고 도망쳤다. 땅에 깔린 돌 때문에 발이 아파서 멀리 가지는 못했다. 노인은 좋은 기습이었다며 껄껄 웃었다. 그리고 복수는 복수를 낳으니 내가 여기서 끝내겠다고 하며 두 손을 들고 산티아고에게 다가왔다. 산티아고는 그 말을 듣자 경계를 풀고 신발을 신었다. 둘의 옷은 조금씩 젖어있었고 잠깐의 소란은 그렇게 끝났다.

산티아고가 먼저 우산으로 하나씩 짚어보며 돌다리를 건너갔다. 그 뒤를 노인이 따라서 건넜다. 돌다리는 두 명이 같이 건널 만큼 크지는 않았지만 견고했다. 튼튼하기만 한 게 아니었다. 좌우로 왔다 갔다 움직이며 조화롭게 서로 맞물리고 있었다. 모양과 크기는 달랐지만 모여서 하나가 된 돌다리였다. 누구의 작품인지 궁금하게 만드는 아름다움이었다. 돌은 이끼도 끼지 않고 깨끗했다. 물이 맑아서 돌다리 옆으로 작은 물고기들이 지나다니는 것도 다 보였다.

봄 햇살은 뜨겁지 않아서 오래 걸어도 지치지 않았다. 노인은 지평선을 향해 걸어갔고 산티아고는 노인을 따라서 걸었다. 노인은 가끔 노래를 흥얼거리거나 시를 읊기도 하면서 걸었다. 어떤 상황이 오더라도 상황 자체를 즐기는 사람처럼 보였다. 가끔 누구나 알만한 노래를 부르기도 했는데 그럴 때면 산티아고도 같이 따라 불렀다.

그렇게 노닥거리며 얼마쯤 걸어가자 몬티엘이라고 하는 들판이 나왔다. 넓고 푸르렀다. 들판 너머 멀리 알 수 없는 형체가 보였다. 앞으로 갈수록 그 물체도 산티아고를 향해 걸어오는 것 같았다. 비로소 알아볼 수 있을 만큼 가까워졌을 때, 그 형체는 쉰 살 정도 되어 보이는 남자가 비쩍 마른 말을 탄 모습이었다. 남자는 몸이 말랐고 꼿꼿한 체형에 수염이 있었다. 이 남자가 이상해 보였던 점은 중세 시대 갑옷을 입고 창과 오래된 방패를 들고 있었기 때문이다. 기사처럼 보이기는 했는데 멋있고 늠름하기보다는 우스꽝스러웠다.

기사는 둘을 그냥 지나쳐 가지 않고 할 말이 있다는 듯 다가왔다.

11

—

ისეთი ლამაზი კიყაკით ერთად

우스꽝스럽게 생긴 기사가 다가오자 그냥 지나가려고 했던 산티아고는 적잖이 당황했다. 기사는 말에서 내려 더 가까이 다가왔다. 가까이에서 본 그는 어쩐지 슬픔에 잠긴 것 같았다. 우스꽝스러움을 넘어선 슬픔. 그는 말 그대로 '슬픈 몰골의 기사'였다. 무엇이 그를 슬프게 했을까.

"오 아름다운 푸른 검이여, 고귀한 검의 주인인 것을 보니 그대도 나와 같이 세상을 돌아다니며 악을 무찌르는 편력 기사인가 보군." 기사가 말했다.

"네?"

산티아고의 걱정은 현실이 되었다. 단 한마디로 산티아

구름 위에는

고는 눈앞의 남자가 미쳤다는 사실을 알 수 있었다. 그도 정신병원을 탈출한 지 얼마 되지 않은 걸 생각하면 이 만남은 미친 사람과 미친 사람의 만남이라고도 할 수 있었다.

"진리의 책을 가지고 있는 분이 마법사님이오?"

"그렇네."

노인의 대답은 산티아고를 더 깊은 혼돈 속으로 밀어 넣었다. 그는 무슨 말이라도 해야겠다고 생각했지만, 아직 상황 파악이 되지 않아 아무 말도 할 수 없었다.

"진리의 책을 가지고 있으니 진실하고 선한 분이라 믿겠소."

"나도 아마 자네만큼 악을 싫어할 걸세."

"마음이 통하는 분을 드디어 만났군요. 가는 길이 같다면 동행하고 싶소."

"그러지."

순식간에 일어난 일이라 산티아고는 반대할 틈도 없었다. 그렇게 두 명 또는 세 명의 미친 사람은 길을 같이 걷게 되었다. 기사는 두 사람과 걷는 속도를 맞추기 위해 말에서 내려 말을 끌고 걸었다. 그는 말이 많았다. 거짓된 세상에서 자기가 왜 기사가 되었는지 열변을 토했다.

"모욕을 되돌려 주고 불의를 바로잡고 무분별한 일들을 고치고, 권력 남용을 막으며 빚을 갚아주기 위해 이 한 몸

바치기로 맹세했다오."

그는 세상이 가장 필요로 하는 것은 편력 기사들이며 편력 기사의 부활은 자신으로 인해 이루어져야 한다고 했다. 노인은 기사의 말에 고개를 끄덕였다. 기사는 세상에 널리 퍼져있는 악을 뿌리 뽑아야 한다고 이야기하다가 혼자 흥분해서 창으로 바닥을 몇 번 내리쳤다. 그 소리에 옆에 있던 말이 놀라서 들판으로 뛰어갔다.

"로시난테! 어딜 가는 게냐?"

기사는 말을 쫓아 달려가다가 돌부리에 걸려 철퍼덕 넘어졌다. 갑옷이 땅에 부딪히며 요란한 소리가 났다. 주인이 넘어진 것을 알았는지 말은 멈춰서 뒤를 돌아봤다.

"로시난테!"

기사는 주저앉아 두 손으로 땅을 내리치며 소리 질렀다. 눈 뜨고 보기 힘든 광경이었다. 그 모습은 동물이 보기에도 측은해 보였는지 말이 또각또각 소리를 내며 천천히 기사에게 다가왔다. 말은 기사의 얼굴을 핥았다.

"머리가 조금 이상한 사람 같은데요?" 산티아고가 목소리를 낮춰 말했다.

"자네가 할 소리는 아니지 않나."

"나쁜 사람 같지는 않아 보여요."

"나는 저 사람이 좋네."

"같이 갈 건가요?"

"이런 것이 인연 아니겠나."

기사는 일어나서 먼지를 털었다. 그리고 말고삐를 잡아끌며 두 사람에게 다가왔다. 그는 어색한 웃음을 지어 보였다.

"이거, 무례를 범했소." 기사가 말했다. "아까는 놀라서 그랬지, 평소에는 착한 녀석이라오."

"괜찮은가?"

"편력 기사에게 이 정도의 시련은 아무것도 아니오."

"이름을 물어봐도 되겠나?" 노인이 말했다. "나는 자비노라고 하네."

"돈키호테 데 라만차라오."

"저는 산티아고라고 해요."

"산티아고여, 무엇이 자네를 편력 기사의 길로 이끌었나?" 돈키호테가 말했다. "모든 종류의 모욕을 쳐부수고 영원한 이름과 명성을 얻기 위해서인가?"

"저는 기사도 아니고 그냥…. 보고 싶은 사람이 있어서요."

"우리는 사카르트벨로로 가고 있네."

"그곳에 무슨 일이 일어났소?"

"용이 깨어났어."

"때가 왔군요. 언젠가 그날이 올 줄 알았소. '천지는 없어질지언정 내 말은 없어지지 아니하리라.' 하신 말씀이 옳소."

"이야기가 끝나가고 있네."

"사람들이 자기를 사랑하고 돈을 사랑하고 자랑하고 교만하고 비방하고 부모를 거역하고 감사하지 아니하고 거룩하지 아니한 것을 보며 지금이 마지막 때라는 것은 어렴풋이 느끼고 있었소. 나도 그곳에 가겠소. 용을 무찌르는 것은 기사 된 자의 사명이오."

노인은 알 수 없는 소리를 했다. 돈키호테 말에 맞춰주는 것인지 아니면 진심인지 산티아고는 짐작할 수 없었다. 두 사람은 다른 세상에 사는 것 같았다. 그 세상은 아무나 갈 수 있는 곳처럼 보이지 않았다. 미친 사람만이 갈 수 있는 곳이었다.

세 사람은 들판을 걸어갔다. 산티아고는 우산으로 땅을 짚으며 걸어갔는데 돈키호테가 검은 기사의 분신이라며 소중하게 다뤄야 한다고 핀잔을 줬다. 산티아고는 이것은 검이 아니라 비가 올 때 쓰는 우산이라고 말했지만 소용없는 짓이었다. 아무리 말해도 돈키호테에게는 우산이 아니라 오로지 기사에게만 허락된 고귀한 푸른 검이었다. 돈키호테가 화를 내려는 조짐이 보이자 노인이 돈키호테의 말을 들어주는 게 낫겠다는 듯 눈빛을 보냈다. 별수 없이 산티아고는 우산을 땅에 닿지 않게 한 손으로 잡고 걸었다. 이런 점이 귀찮기는 해도 산티아고는 돈키호테와 같이 가면 여행이 재밌기는 하겠다고 생각했다. 그리고 재밌는 일은 곧바로 일어났다.

12

—

ისეთი ტრაგიკული კიყკვით ერთად

세 사람은 말을 주고받으며 걷다가 들판에 풍차 수십 개
가 서있는 걸 보았다. 돈키호테가 두 사람에게 말했다.

"우리가 기대한 것보다 더 좋은 방향으로 행운이 우리 일
을 마련해 주는구나. 친구들이여, 저기를 좀 보시오! 서른
명이 넘는 어마어마한 거인들이 있소. 나는 싸워 저놈들을
몰살시킬 것이오. 그 전리품으로 부자가 될 것이오. 이것이
야말로 정의의 싸움이며, 사악한 씨를 이 땅에서 없앰으로
써 하느님께 크게 봉사하는 일이오."

"거인들이라뇨?" 산티아고가 말했다.

"저기에 있는 저놈들 말이오." 돈키호테가 대답했다. "기

구름 위에는

다란 팔을 가진 놈들 말이오. 2레과나 되는 팔을 가진 놈들도 있군."

"돈키호테 씨." 산티아고는 주저하다 말을 이었다. "저기 보이는 것은 거인이 아니에요. 풍차예요. 팔로 본 건 날개인데, 바람의 힘으로 돌아서 방아를 움직이죠."

"보아하니…." 돈키호테가 말했다. "자네는 이런 모험을 도통 모르는 모양이구먼. 저건 거인이오. 겁이 나면 저만치 물러나서 기도나 하시오. 그동안 나는 저놈들과 지금껏 보지 못한 맹렬한 싸움을 벌일 테니까."

돈키호테는 산티아고의 말을 듣지 않고 로시난테에 박차를 가했다. 놈들을 거인이라고 굳게 믿은 나머지 산티아고의 말이 전혀 들리지 않는 것 같았다. 오히려 기사는 소리를 지르며 돌진했다.

"도망치지 마라, 이 비겁하고 천한 자들아! 너희들을 공격하는 사람은 이 기사 한 명뿐이다."

이때 바람이 불어와 풍차의 커다란 날개를 움직였다. 이 모습을 본 돈키호테는 소리쳤다.

"비록 네놈들이 저 거인 브리아레오스보다 많은 팔을 휘둘러 댈지라도, 네놈들아, 나한테 혼날 줄 알아라!"

그는 방패로 몸을 가리고 옆구리에 창을 낀 채 전속력으로 로시난테를 몰아 맨 앞에 있는 풍차로 돌진했다.

"말려야 하는 거 아니에요?"

"저것들이 풍차로 보이나?"

"네?"

"자네 눈에 보이는 것을 진실이라고 어떻게 확신하나?"

"눈에 보이는 것을 믿지 않으면 대체 무엇을 믿어야 하죠?"

"눈으로 보되 너무 믿지는 말게. 진리는 눈에 보이지 않는 것들이네." 노인이 말했다. "기도할 때 눈을 감고 하는 이유가 그것 아니겠나."

노인은 진리를 말했다. 전에도 그랬듯이 진리가 무엇인지 아는 듯이 말했다. 산티아고는 잠시 생각하다가 뭔가 말하려고 했는데 노인이 그의 두 눈을 한 손으로 가렸다. 그리고 말했다.

"이제부터는 자네도 진실을 보도록 하게."

노인이 손을 거두자 서른 명이 넘는 거인들이 눈앞에 있었다. 돈키호테는 그중 맨 앞에 있는 놈에게 달려가고 있었고, 다른 거인들은 소리를 지르는 돈키호테를 신경도 쓰지 않았다. 돈키호테의 말은 진실이었다. 산티아고가 손에 들고 있는 것은 우산이 아니라 짙푸른 색의 검이었다. 그는 노인이 가지고 있던 책을 펴서 사이에 껴놓은 사진을 확인했다. 사진은 그대로였다. 그녀는 미소를 짓고 있었다.

거인이 팔을 휘둘렀으나 돈키호테는 고개를 숙여 피했

다. 그러고는 거인의 오른쪽 다리에 창을 내리꽂자 거인이 무릎을 꿇었다. 거인이 팔을 내리쳤지만 돈키호테는 다시 피하는가 싶더니 거인에게 달려들어 심장에 창을 꽂았다. 그는 능숙한 기사였고 그것을 증명해 보였다. 거인이 큰 소리로 울부짖으며 쓰려졌고 쿵 하는 소리가 났다. 그 소리에 다른 거인들이 모두 돈키호테 쪽을 바라봤다. 이윽고 거인들은 돈키호테를 향해 느릿느릿 걸어왔다. 몸이 무거워서 뛰는 것은 불가능해 보였다. 돈키호테는 혼자서 모든 거인을 쓰러뜨릴 작정으로 물러서지 않았다.

산티아고는 무서워졌다. 노인이 자신에게 무슨 짓을 한 것인지 아니면 약을 먹지 않은 지 오래되어서 헛것을 보는 것인지 알 수 없었다. 그러나 헛것이라기에는 너무 생생했다. 그것은 실체였고 현실이었고 진실이었다.

"제가 미쳤나 봐요."

"아니, 자네는 미치지 않았어." 노인이 말했다. "우선 상황이 급하니 나중에 이야기하도록 하지."

노인의 말대로였다. 돈키호테 한 사람에게 모든 거인이 몰려들었다. 그는 뒤로 물러서지 않았다. 그는 혼자였지만 뒤에 무언가 거대한 힘이라도 있는 듯이 소리 질렀다.

"기사는 뒤로 물러서지 않는다. 나의 뒤에 계시는 하느님이 보이지 않느냐? 내게 능력 주시는 자 안에서 내가 모든 것을 할 수 있느니라. 네놈들이 몇 명이 오든 무섭지 않다. 이놈들아! 덤벼라!"

돈키호테가 창을 위로 높이 쳐들었다. 그의 눈은 불굴의 의지로 빛났다. 지금 서있는 곳이 자신의 무덤이 되어도 상관없는 듯했다. 그는 죽음을 두려워하지 않았다. 아니, 죽음을 원하는 것 같았다. 그에게 죽음은 하늘에서 얻는 영원한 생명을 의미했다.

"돈키호테 씨! 위험해요!"

"소용없네. 그런 말은 들리지 않을 거야. 그는 위험하다고 물러서는 종류의 사람이 아니네. 그는 우리와 다른 세상에 살고 있어."

두 사람이 말을 주고받을 동안 거인 한 명이 돈키호테에게 거의 다다랐다. 돈키호테는 창을 거인에게 겨눴다.

"빛이 있으라." 노인이 돈키호테에게 다가가며 말했다.

노인의 손에서 한 줌의 빛이 나와 돈키호테 머리 바로 위에서 폭죽처럼 터졌다. 온 세상이 강렬한 빛으로 뒤덮였다. 잠깐 반짝이고 사라지는 빛이 아니었다. 근원을 알 수 없는 빛은 사라지지 않았다. 거인들은 묵직한 손으로 눈을 가리고 그 자리에 멈춰 섰다. 산티아고도 손으로 눈을 가렸다.

"돈키호테, 뒤로 물러서게. 때로는 물러날 줄도 알아야하네. 물러나는 것은 달아나는 것이 아니야."

"나는 여기서 죽을 각오가 되어있소. 악마 같은 자들과 싸우다가 죽는다면 기사에게 그보다 큰 영광이 어디 있겠소? 오직 바라는 것은 내가 여기서 죽는다면 나의 귀부인 둘시네아 델 토보소 님께 내가 용감하게 싸우다가 죽었다고 전해주는 것뿐이오."

"자네 마음은 신께서도 알 것이네. 그렇지만 이곳에서 죽어서는 안 돼. 우리는 용을 무찔러야 하네. 거대한 악이 우리를 기다리고 있네."

거대한 악을 없애기 위해서라는 말에 돈키호테는 멈칫했다. 그는 잠시 망설이다가 창을 내리고 거인들에게 소리쳤다.

"운이 좋은 줄 알아라. 네놈들아! 다음에 와서 무찔러주마!"

돈키호테는 로시난테를 몰아 노인에게 돌아왔다. 그때까지도 빛은 사라지지 않았다.

13

—

 მენატრები ძალიან

    세 사람은 거인을 피해 들판을 멀리 돌아갔다. 그동안 빛은 사라지지 않았고 거인들은 계속 눈을 가리고 가만히 서 있었다. 세 사람이 멀어지고 나서야 빛은 사라졌다. 산티아고가 돌아보니 거인들이 쓰러진 거인 주위에 모여들었다. 무슨 말을 하는 것처럼 보였는데 소리는 들리지 않았다. 그들에게도 우리가 모르는 애정이 있는 듯했다.

    "모든 거인을 무찌르려 했으나 용을 죽이기 위해, 더 거대한 악과 싸우기 위해 뒤로 물러나는 것임을 증명해 주길 부탁드리겠소."

    "잘 알겠네."

어느새 날이 저물었다. 지평선에 붉은 노을이 졌고 하늘에는 새털 같은 구름이 일정한 모양 없이 널리 퍼져있었다. 구름도 노을빛을 반사해 붉게 빛났다. 아름다운 구름은 언제나 그 자리에 있었다.

세 사람과 로시난테 모두 지치고 배가 고플 즈음 그리 멀지 않은 곳에 객줏집 하나가 나타났다. 곧 밤이 되었고 그들은 객줏집에 도착했다.

문 앞에 처녀로 보이는 여자가 둘 있었다. 돈키호테는 로시난테를 멈춰 세우고는 기사의 도착을 알리는 누군가가 나타나기를 기다렸다. 그러다가 나팔 소리가 나자 돈키호테는 기뻐하며 여인들 앞으로 다가갔다. 여인들은 괴상한 갑옷 차림에 창과 방패를 든 남자가 다가오자 겁을 먹고 안으로 들어가려 했다.

"귀부인들이여, 도망가지 마시오. 무슨 해라도 끼칠까 두려워하지 마시오. 내가 따르는 기사의 법도에 따라 나는 누구에게도 해를 끼치지 않소. 용모로 보아 지체 높은 규수임이 틀림없는 그대들에게는 특히 그러하오."

여자들은 투구에 가린 돈키호테의 얼굴을 보려 애쓰다가 그의 말을 듣자 웃음을 참지 못했다.

"아름다운 분들에게는 절제가 더욱 어울리는 법이라오. 더군다나 하찮은 이유로 웃는다는 것은 어리석은 행동이외다. 그렇다고 두 분께 언짢은 기분이나 걱정을 끼치고자 이런 말씀을 드리는 것은 아니오. 내게는 오직 그대들을 섬기려는 마음뿐 다른 뜻은 없소이다."

전혀 이해할 수 없는 말이 여자들의 웃음을 더 키웠고, 돈키호테는 화내려는 조짐을 보였다. 이때 객줏집 주인이 나와서 말했다.

"기사 나리, 주무실 데를 찾는다면 여기서 묵으시죠. 이 집에 침대 빼고 다른 것은 부족함 없이 다 있답니다."

"친구들이여, 오늘 밤은 이곳에서 묵고 내일 또 모험을 떠나는 것이 어떻소?"

"그렇게 하도록 하지."

"좋아요."

주인은 돈키호테의 디딤판을 잡아주려고 다가갔다. 말에서 내린 돈키호테는 주인에게 곡물을 먹는 짐승 중에 세상에서 가장 훌륭한 말이니 잘 보살펴 달라고 부탁했다. 산티아고는 배정받은 방에 짐을 풀고 객줏집 안에 있는 식당으로 갔다. 사람들이 네다섯 사람씩 식탁에 모여 와자지껄 떠들면서 칠면조 요리와 맥주를 먹고 마셨다. 돈키호테는 문 앞에서 봤던 여자들 그리고 또 다른 몇 사람들과 같이 있었고, 노인은 한쪽 구석 테이블에 혼자 앉아있었다. 산티아고는 노인 앞자리에 가서 앉았다. 두 사람이 앉은 식탁에도 곧 음식이 나왔다. 술이 조금 들어가자 산티아고는 노인에게 전부터 궁금했던 것을 물어봤다.

"정체가 뭔가요?" 그가 말했다.

"말하지 않았나. 마법사라고."

그 말에 장난기는 없었다. 노인은 진심으로 말했다. 손에서 빛이 나오는 것을 직접 보고도 믿기 힘든 이야기였다.

"정말인가요?"

"나는 거짓말을 모르네." 노인이 말했다. "거짓말이 세상에서 가장 나쁘다는 것은 알지."

"제가 본 건 뭐죠? 거인들이며 그 빛은 또 뭐죠? 저에게 무슨 짓을 하신 건가요?"

"그저 진실을 볼 수 있도록 조금 도와준 것뿐이네."

"진실?" 산티아고가 말했다. "뭐가 진실이죠?"

"진리를 구하는 자가 믿는 것, 결국에는 거짓을 이기는 것, 우리를 빛으로 인도하는 것, 그것이 진실이네."

"무엇을 믿어야 할지 모르겠어요."

"우리는 모든 것을 믿어야 하고, 모든 것을 의심해야 하네." 노인이 식탁에 있던 책을 가리키며 말했다. "이 책을 읽어봤는가?"

"네. 몇 번은 읽었어요. 솔직히 모든 이야기를 다 믿지는 못하겠지만요."

"책에 나온 이야기 모두 거짓 하나 없는 진실이라네." 노인이 말했다. "거짓을 모르는 분이 쓴 책이야."

"전부터 궁금한 게 있어요."

"뭔가? 뭐든 물어보게."

"최초의 인간이 있던 낙원에 왜 뱀이 있던 거죠? 뱀이 있지 않았다면 인간은 낙원에서 영원히 행복하게 살았을 텐데."

"모든 것은 이야기를 위해서라네."

"악이 존재하는 이유가 이야기를 위해서라는 말씀인가요? 악마가 인간을 가지고 노는 게 모두 이야기를 위해서라고 말씀하시는 건가요? 인간이 고통받고 울부짖는 이유가 모두 이야기를 위해서라고요?" 산티아고가 말했다. "신은 사이코패스인가요?"

"그분은 단 한마디로 모든 악을 없앨 수 있네. 그분이 악을 허락하신 이유는 인간이 악을 초월하기를 바라시기 때문이야." 노인이 말했다. "부모가 자식에게 바라듯이 인간이 자신을 닮기를 바라시네."

"잘 모르겠어요." 산티아고가 말했다. "인간이 완전히 이해할 수 있다면 신이 아니겠죠."

"용이 깨어났어." 노인이 말했다. "세상에 무서운 일이 일어나고 있네. 이야기가 끝나가고 있어."

"책에서 읽어보기는 했어요. 마지막 때에 용이 나타난다고."

"세상 곳곳에서 악마가 숨겨왔던 자신의 존재를 드러내고 있네. 사카르트벨로, 그곳에 용의 선택을 받은 자가 나타났어. 그는 거짓을 말하는 자, 진리에 대적하는 자, 루시퍼의 아들이라고도 불리지. 그자는 모든 사람을 어둠으로 끌고 가려고 하네. 그와 맞서 싸워야 해."

"저는 그냥…. 그녀가 보고 싶을 뿐이에요."

"그를 막지 않으면 모든 세상에서 빛이 사라질 것이네. 다시는 빛 속에서 그녀를 볼 수 없을 거야."

"그럴 순 없어요."

산티아고가 잔을 다 비우자 사람 한 명이 와서 맥주를 따라주고 사라졌다. 맥주 거품이 넘칠 듯 말 듯 하다가 약간 흘러넘쳤다. 산티아고는 맥주를 한 모금 마셨다. 그때 돈키호테가 앉아있는 자리에서 깔깔대며 웃는 소리가 크게 들렸다. 그 식탁에 앉았던 여자 한 명이 산티아고에게 다가왔다.

"저 기사 나리와 일행분이신가요?"

"네. 맞아요."

"글쎄, 저 기사분이 혼자서 거인을 무찔렀다지 뭐예요? 거인이 대체 뭐람?" 여자는 깔깔대며 웃었다.

"정말이에요. 제가 봤어요."

산티아고의 말을 듣자 여자는 더 크게 웃었다. 그리고 여기도 미친 사람이 있다고 소리를 지르며 원래 있던 자리로 돌아갔다. 객줏집은 비웃음으로 가득했다. 아무것도 모르는 사람들이 짓는 비웃음이었다. 산티아고의 얼굴이 붉어졌다.

"신경 쓰지 말게." 노인이 말했다. "진실을 이야기하면 바보가 되어버리는 세상이야."

"제가 미친 건지 세상이 미친 건지 모르겠어요."

"어쩌면 자네도, 세상도 미쳤는지 모르지. 그러나 한 가지는 확실하게 말할 수 있네." 노인이 말했다. "모든 것이 사랑 이야기라는 것을. 결국엔 해피엔딩이라는 것을."

"진실과 함께하는 것은 힘든 일이에요."

"진실을 알면서도 비웃음거리가 되는 것이 무서워서 진실을 말하지 않는 사람들이 많아. 그들이 할 줄 아는 것은 그저 진실을 말하는 사람을 비웃는 것뿐이네. 그들의 비웃음에 무너지지 말게."

그때 돈키호테가 있는 자리에서 사람들이 다시 큰 소리로 웃었다. 배를 잡고 웃다가 쓰러지는 사람도 있었다. 돈키호테는 혼자 진지한 표정이었다.

"집중! 집중하시오! 여러분!" 객줏집 주인이 큰 소리로 말했다.

모든 사람이 소리 지르는 객줏집 주인을 쳐다봤다. 그는 한번 뜸을 들이다가 말했다.

"여기 이 기사님을 보십시오! 이미 거인을 한 명 없앴고 이번에는 용을 무찌르고 세상을 구할 거랍니다!"

"내 이 한 몸 바쳐 용을 무찌를 것이오! 기사가 되고 나서부터 언제나 바라던 것이오!" 돈키호테가 소리쳤다.

사람들은 폭소를 터뜨렸다. 그들은 돈키호테의 복장이며 말하는 것을 보고 별 미친놈을 다 보겠다며 웃었다. 객줏집 안의 사람들이 돈키호테 주변으로 모여들었다. 사람들은 장난으로 돈키호테에게 응원의 말을 건넸고, 그는 자신을 격려하는 말들을 진심으로 받아들였다. 그중 한 사람이 헹가래를 제안하자 사람들은 좋은 생각이라며 돈키호테를 몇 번 들어 올렸다가 내려놨다. 돈키호테는 행복해 보였다. 그는 혼자 다른 세상에 살고 있었다. 그들에게는 거짓이었지만 그에게는 진실이었다. 이번에는 모든 사람이 잔을 채우고 높이 들어 올렸다. 그리고 객줏집에는 사람들이 외치는 소리가 울려 퍼졌다.

돈키호테를 위하여!

14

—

მიყვარხარ

산티아고는 해가 뜨고 한참이 지나서야 깨어났다. 아마 열두 시쯤은 되었을 것이다. 어제 술을 많이 마셨는지 머리가 살짝 어지러웠다. 눈을 비비고 잠이 덜 깬 상태로 식당 문을 열고 들어가자 노인과 돈키호테는 식탁에 앉아서 양송이 수프를 먹고 있었다. 깔끔하게 먹는 노인과 다르게 돈키호테의 수염에는 노란 수프가 묻어있었다. 옆쪽 식탁에는 어제 술잔을 부딪치며 돈키호테의 이름을 외치던 몇 사람도 수프를 먹으면서 이야기를 나누고 있었다.

"자네, 잠이 많구만." 노인이 말했다.

"저는 잠드는 게 싫어요. 잠들면 또 일어나야 하잖아요.

일어나는 게 너무 괴롭거든요." 산티아고가 말했다. "아직 어린가 봐요."

"우리는 늙었나 보구만. 아침잠이 없어진 것을 보니."

"그러게 말이오."

"아뇨. 제 말은 그런 뜻이 아니라…." 산티아고는 머리를 긁적였다.

"하하. 장난이네. 자네는 놀리는 재미가 있어." 노인이 말했다. "좋은 소식을 알려주지. 주인이 음식과 숙박비를 받지 않기로 했네."

"네? 왜요?"

"산티아고여, 아직도 이런 종류의 모험을 모르는 것이오? 기사 소설을 읽어보긴 한 것이오?" 돈키호테가 말했다. "세상을 구하는 편력 기사에게 누가 음식값이며 숙박비를 받는단 말이오?"

"대신에 우리는 세상 저편에 깨어난 용을 무찔러야 한다네." 노인이 말했다. "자네가 잠자리에 들고나서 객줏집 주인 그리고 어제 함께했던 모든 사람과 용을 없애겠다고 약속했네."

"네? 그런 약속을 하셨다고요?"

"세상을 구할 준비가 되었나?" 노인의 눈이 반짝였다.

어제 봤던 거인처럼 용도 분명히 존재할 거야. 산티아고는 생각했다. 아마 거인과 비교도 안 될 정도로 무시무시하겠지. 그는 두 손을 바라봤다. 용을 상대하기에는 너무도 작은 손이었다. 아주 어렸을 때 말고는 누군가를 때려본 적도 없는 손이었다. 그러나 그에게는 근원을 알 수 없는 용기가 솟았다. 서른 명이 넘는 거인과 맞서 싸운 돈키호테에게 물든 것 같기도 했다. 용기는 사람에게서 사람에게로 전해지니까. 비굴함 또한 그러하듯이.

"솔직히 말하자면 세상이 망하든 말든 낮잠이나 자고 싶지만…. 그녀를 어둠 속에 살게 할 수는 없으니까요. 그녀를 위해서라면 뭐든지 할 수 있어요. 뭐든지. 그것이 세상을 구하는 일이라도. 용과 싸우는 일이라도." 그가 말했다. "소설이라도 한 편 쓸 수 있을 것 같아요. 써본 적은 없지만."

"자네 뒤에는 날개가 있어. 세상 어디든 갈 수 있는 날개가." 노인이 말했다. "아직 자네 눈에는 보이지 않지만 결국에는 알게 될 걸세."

"우리 편력 기사들 뒤에는 언제나 하느님이 계시오. 하느님께서 우리를 언제나 지켜주실 것을 믿어 의심치 않소."

"사람들이 모두 일어나 모이면 그들 앞에서 기사의 맹세를 할 것이니 우선 뭐를 좀 먹게. 배고프지 않은가."

"배가 조금 고프긴 하네요."

객줏집 주인이 주방에 말하자 곧바로 한 사람이 수프를

가져왔다. 수프는 얇은 밀가루 빵으로 덮여있었다. 산티아고는 손으로 빵을 잘게 찢어서 수프에 찍어 먹었다. 맛은 그럭저럭 괜찮았다. 부드러운 맛이었다. 수프는 술을 마시고 난 다음 날에 먹기에 좋은 음식이었다. 속이 편안해졌다.

오후 1시쯤이 되자 식당 안은 사람들이 점심을 먹으면서 웅성거리는 소리로 가득했다. 어제 식당에서 있었던 일을 이야기하면서 웃거나 자식이 말을 안 듣는다며 푸념을 늘어놓는 사람들도 있었다.

그때 객줏집 주인이 사람들의 주의를 집중시켰다. 그리고 밥을 먹고 난 뒤에 기사 서품식이 있으니 구경할 사람들은 와도 좋다고 말했다. 어제 돈키호테를 위해 잔을 들었던 사람들이 환호성을 질렀고, 그 자리에 없었던 사람들은 영문을 몰라 주변에 무슨 일인지 물어봤다. 자초지종을 들은 사람들은 하나같이 별난 미치광이를 보겠다며 웃어댔다.

나른한 오후 구름 사이로 따스한 햇볕이 내려왔고 향긋한 봄바람이 살랑거렸다. 낮잠을 자는 사람들 말고는 모두 객줏집 앞마당에 모였다. 벚나무 앞에 노인과 돈키호테, 산티아고가 서자 뒤에서 사람들이 구경하며 낄낄댔다. 어제와 같은 비웃음이었다. 그러나 돈키호테는 세상 진지했다. 그는 비웃음이 무엇인지 전혀 모르는 듯했다. 그는 눈을 감고 중얼거리며 기도했다. 산티아고는 무덤덤했다. 비웃음도 듣다 보니 익숙해졌다. 누군가와 함께라면 비웃음도 들을만하다는 생각마저 들었다.

객줏집 주인은 책을 한 권 챙겨왔다. 아마 진리의 책이었을 것이다. 그는 두 여자를 세 사람이 있는 곳으로 데리고 와서 무릎을 꿇으라고 명령했다. 그러고 마치 무슨 경건한 기도문을 암송하듯 그 책을 읽다가 중간에 손을 들어 세 사람의 목덜미를 차례대로 세게 후려쳤다. 그런 다음 여자 한 명에게 기사들에게 칼을 채워주라고 명령했다. 노인은 기사가 아니라 마법사라고 해서 그냥 지나갔다. 그 착한 여자는 먼저 산티아고의 허리춤에 칼을 채워줬고, 그다음 돈키호테에게 칼을 채우면서 말했다.

"하느님의 가호로 행운 가득한 기사가 되시고 결국에는 용을 무찌르시기를."

"이 자리에서, 모든 사람 앞에서 진리를 위해 싸우고 모든 사람을 사랑하는 기사가 되겠다고 맹세하겠소!" 돈키호테가 말했다.

의식을 하나하나 치를 때마다 사람들은 터져 나오는 웃음을 참았다. 그중에 몇 사람은 의식을 진지하게 받아들이고 의식이 끝난 뒤 세 사람을 따로 축복했다. 기독교인들은 하느님의 이름으로, 무어인들은 알라의 이름으로, 그리고 다른 신을 믿는 사람들도 저마다 신의 이름으로 축복했다.

돈키호테는 자신은 기독교인이라 이교도인들의 축복은 받지 않겠다고 말하며 거부했다. 노인은 모든 사람의 축복을 감사히 받았는데 왠지 돈키호테의 기분이 언짢아 보였다.

엉겁결에 하게 된 기사 서품식이었지만 의식이 끝나자 산티아고는 정말 기사가 된 기분이었다. 허리춤에 차고 있는 푸른 검을 보니 더 그랬다. 돈키호테는 산티아고에게 이제 정식으로 기사가 되었으니, 말이 필요하겠다고 말하면서 객줏집 주인을 불렀다. 주인은 세 사람을 마구간으로 데리고 갔다. 마구간에는 로시난테와 다른 말 대여섯 마리가 있었다. 노인은 직접 말을 골랐고, 산티아고의 말은 돈키호테가 골라 주었다.

그렇게 두 명의 기사와 한 명의 마법사는 길을 떠났다.

15

—

იმ დღეს, როცა გესაუბრე

세 사람은 말을 타고 길을 걸어갔다. 떠들기 좋아하던 돈키호테는 무슨 일인지 입을 다물고 있었다. 무슨 생각에 잠겨있는 듯했다. 산티아고는 태어나서 말을 처음 탔는데 말이 얌전해서 가만히 자세를 잡고 있으니 알아서 걸어갔다.

"죽는 날까지 하늘을 우러러 한 점 부끄럼이 없기를." 노인이 말했다. "신의 존재에 대해 생각해야만 신을 믿을 수 있는 것은 아니야."

"저도 그 시를 좋아해요."

"시를 좋아하는 사람 중에 나쁜 사람은 없지."

"저는 조금 나쁜 편인걸요. 살면서 나쁜 짓을 많이 했어요. 지금도 가끔 생각나면 부끄러운 일들도 있어요."

"아니, 자네는 좋은 사람이야. 나쁜 사람은 자신이 나쁘다는 사실을 모르네." 노인이 말했다. "착한 사람만이 자신이 나쁜 것을 알고 있어."

어느새 노을 진 하늘이 오렌지 색으로 타오르고 있었다. 돈키호테는 그때까지도 아무 말이 없었다. 세 사람은 말에서 내려 말이 풀을 먹을 수 있도록 했다. 산티아고는 들판에 앉아 노을을 바라봤다. 태양이 지평선 너머로 넘어가고 있었다.

네가 있는 곳에도 아름다운 노을이 있을까. 산티아고는 생각했다. 너는 지금 뭘 하고 있을까. 내 생각을 조금이라도 할까. 지금 너를 만나러 가고 있어. 이상한 할아버지들을 만났어. 한 분은 마법사고 한 분은 기사래. 이상하긴 한데 좋은 분들이야. 나도 기사가 되었어. 할아버지들과 같이 세상을 구하러 가고 있어. 용이 깨어났다나 봐. 용이라니. 믿을 수 있겠어? 낮잠이나 자고 싶은데 게으른 내게 왜 이런 일이 일어났는지 모르겠어. 하루에도 수십 번은 내가 미친 게 아닐까 하는 생각이 들었어. 이제 그런 건 상관없어. 나에게 주어진 길을 가보려고 해. 내가 미쳤다고 해도 이이야기의 끝에 네가 있다면 행복할 거야. 네가 나를 보며 웃어준다면 그거 말고는 바라는 게 없어.

"자비노여, 한 가지 물어볼 것이 있소." 돈키호테가 침묵을 깨고 말했다.

"뭔가?"

"지금 들고 있는 그 책을 믿소?"

"그렇네. 이 책에는 거짓이 하나도 없다는 것을 믿네."

"그렇다면 기독교인으로서 어떻게 이교도인들의 축복을 받을 수 있소? 나는 도무지 이해되지 않소."

"교회는 그저 진리를 전하는 곳에 불과하네. 신께서는 교회에 다니는 사람들을 좋아하는 것이 아니야. 그분은 착하고, 진실되고, 용기 있는 사람을 좋아하네."

"다른 사람들은 그렇다 치더라도 어떻게 무어인들의 축복을 받을 수가 있소? 그들은 우리의 적이오. 그들은 알라를 믿는단 말이오. 혹시 하느님과 알라가 같다는 어리석은 말을 믿는 것이오?"

"다르네. 확실하게 말할 수 있어. 그 둘은 다르다는 것을."

"그런데 왜 그런 것이오?"

"그분은 기독교인들을 사랑하시는 것처럼 무어인도 똑같이 사랑한다네."

"말이 안 되오. 진리의 책에는 분명히 '나로 말미암지 않고는 아버지께로 올 자가 없다.'고 쓰여있소."

"나도 알고 있네. 내가 말하고 싶은 건 그 둘은 분명히 다르지만, 하느님을 믿는 것이 알라를 믿는 것이 되고 알라를 믿는 것이 하느님을 믿는 것이 될 수 있다는 것이네. 믿는다고 말만 한다고 해서 믿는 것이 아니지 않은가. 신을 믿는다고 하면서 악마를 믿는 자들이 얼마나 많은가. 사람들은 저마다 자기 행위의 자식이네."

"사람들이 자기 행위의 자식이라는 말에는 동의하오. 그러나 다른 말은 무슨 말인지 모르겠소."

"자신이 기독교인이라고 일종의 우월감을 가진다면 그가 믿는 신은 하느님이 아니라 루시퍼라는 뜻이네. 자네가 믿고 있는 신에 대해서 생각해 보게. 사람마다 각자의 역할이 있고 기독교인에겐 기독교인의 의무가 있을 뿐이네."

"그렇게 말하지 마시오. 내가 믿고 있는 신은 루시퍼가 아니라 전능하신 하느님이오!" 돈키호테의 얼굴이 붉어졌다.

"자네가 기사의 맹세를 할 때 분명히 말하지 않았나. 진리를 위해 싸우고 모든 사람을 사랑하겠다고. 무어인도 사랑해야 하지 않겠나? 자네가 한 말을 지키게."

돈키호테는 뭔가 말하려고 하다가 말았다. 그는 다시 생각에 잠겼다. 다시 말에 올라타 길을 갈 때도 어색한 침묵은 이어졌다. 가끔 말들이 내는 울음소리만 들렸다. 짧은 순간의 아름다운 노을은 사라지고 곧 어둑어둑한 저녁이 되었다. 희미했던 별은 점점 밝게 빛났다. 어둠이 별을 빛나게 했다. 긴 침묵을 깬 것은 돈키호테였다.

"자비노여, 그렇다면 진리를 위해 싸우는 것이 중요하오? 아니면 모든 사람을 사랑하는 것이 중요하오?"

"진리와 사랑 둘 다 중요하네. 뭐가 더 중요하냐고 묻는다면….." 노인이 말했다. "아마 사랑이겠지."

"악마를 사랑해야 하오?"

"악마를 너무 미워하지 말게. 악마를 미워하는 것이 그가 원하는 것이네. 악마는 우리의 미워하는 마음을 먹고 자라나네." 노인이 말했다. "그리고 어쩌면 악마는 그저 자기 일을 열심히 하는 신의 충직한 종일지도 모르네."

"악마가 하는 말도 들어봐야 한다고 생각하시오?"

"그렇네."

"악마는 늘 모든 진실에 한 가지 거짓을 섞어서 그럴듯한 말로 우리를 유혹한다오. 그가 하는 말을 아예 듣지 않는 것이 현명한 처사가 아니겠소?"

"우리는 모든 것을 믿고, 모든 것을 의심해야 하네. 의심하지 않는 믿음은 무너지기 쉬워."

"그래도 악마가 하는 말을 듣는 건 너무 위험한 일이라고 생각되오."

"악마가 하는 말을 듣지 않으면 또 다른 악마가 찾아온다네. 더 크고 무서운 악마가." 노인이 말했다. "그의 이름은 루시퍼라네."

이야기를 나누는 동안 별은 더 밝게 빛났고 어느 마을에 도착했다. 조금 더 걸어가자 번화가가 나왔고 사람들이 많았다. 세 사람은 말에서 내려 걸으며 천천히 마을을 살폈다.

16

—

იმ დღეს, როცა ხელი ჩავჭიდე

번화가는 사람들로 북적였다. 남자의 손을 잡은 남자들도 있었다. 모두 젊은 사람들이었다. 늙은이는 돈키호테와 노인밖에 없었다. 외로움에 젖은 젊은 남녀들은 술집 앞에서 한 줄로 순서를 기다리고 있었다. 그들은 담배를 피우고 바닥에 가래침을 뱉으면서 곁눈질로 다른 이성을 보고 있었다.

"이 동네는 마치 소돔과 고모라 같군." 돈키호테가 말했다.

술에 몸을 가누지 못하는 여자를 건장한 남자가 둘러업어도 사람들은 남의 일에는 신경도 쓰지 않았다.

"당장 여인을 내려놓아라. 이놈아! 술 취한 여인을 어디로 데려가려는 것이냐?"

남자는 코웃음 치며 돈키호테를 무시하고 지나가려다가 돈키호테가 창을 겨누자 여자를 내려놓았다. 돈키호테가 누워있는 여자의 얼굴을 손바닥으로 몇 번 쳤는데도 여자는 일어나지 않았다. 노인이 다가가서 잠에서 깨라고 말하자 여자가 조금씩 정신을 차렸다. 여자는 술을 마시다가 자기도 모르게 정신을 잃었다고 말했다. 무슨 일이 있었는지 정확히 기억하지 못했다. 노인은 여자에게 세상에는 나쁜 남자들이 많다고, 몸을 조심하는 것이 좋을 것 같다고 말하며 보내주었다.

세 사람은 어느 술집으로 들어갔다. 안에는 남자들끼리 또는 여자들끼리 두세 명씩 앉아있었다. 남자들은 모든 자존심을 내려놓고 여자들이 앉은 자리로 가서 같이 술을 마시자고 들이댔다. 마치 면접을 보는 듯했다. 남자들은 맘에 드는 여자들의 마음에 들기 위해 구애의 춤을 췄다. 하룻밤을 위해 거짓으로 사랑을 말하는 남자들이 얼마나 많은지. 그리고 그것을 알면서 즐기는 여자들도. 평범하게 생긴 여자들도 그곳에서는 자기가 뭐라도 되는 듯이 행동했다. 그 중에서 눈에 띄게 아름다운 여자에게는 가게 안에 있는 거의 모든 남자가 한 번씩은 도전했다. 안타까운 점은 눈에 띄게 못생긴 여자들이 앉은 자리도 있는데, 그곳에는 섹스

에 미친 남자들조차 다가가지 않았다는 것이다. 산티아고
도 그쪽에는 가고 싶지 않았다.

"재미있구만." 노인이 말했다.

"우리도 해볼까요?"

"내가 한번 가보지."

산티아고는 왠지 노인이라면 모든 남자를 거절한 아름다
운 여자에게 도전해서 성공할 것 같은 느낌이 들었다. 그러
나 노인은 못생긴 여자들이 있는 자리로 갔다. 산티아고는
마음속으로 여자들이 거절하길 바랐는데 여자들의 웃는 소
리가 들리더니 노인이 오라고 손짓했다. 산티아고와 돈키
호테는 그곳에 가서 앉았다.

분위기는 좋았다. 돈키호테는 언제나 진실을 말했다. 그
는 용을 무찌르고 세상을 구하겠다고 말했는데 여자들이
까르르 웃어댔다. 비웃음은 아니었다. 여자들의 못생긴 얼
굴은 웃으니까 그나마 나아 보였다. 그사이 비어있던 옆 테
이블에 옷을 잘 차려입은 남자 두 명이 앉았다. 약간 찢어
진 눈매에 날렵한 코, 떡 벌어진 어깨가 누구나 잘생겼다고
인정할 만한 남자들이었다. 자기들도 잘생긴 걸 아는지 눈
빛에 자신감이 가득 차있었다. 흔히 말하는 알파 메일로 보
였다. 그러나 그들 입에서 나오는 말은 더러웠다.

"야, 옆에 봐봐. 여기 아무나 막 들어오네?"

"앞에 할배들은 또 뭐냐?"

옆에서도 다 들리게 말을 하며 남자들은 낄낄대며 웃었다. 노인과 산티아고는 잠자코 말을 듣고 있었다. 돈키호테의 눈썹이 꿈틀거렸다.

"주면 먹냐?"

"줘도 안 먹어. 더러운 년들."

남자들 말이 선을 넘자 여자들 표정이 일그러졌다. 울음을 억지로 참고 있는 것이 보였다. 산티아고는 주먹을 불끈 쥐었다. 그때 돈키호테가 일어섰다.

"당장 사과해라. 돼먹지 못한 놈들아! 입으로 들어가는 것이 사람을 더럽게 하는 것이 아니라 입에서 나오는 것이 사람을 더럽게 하는 것을 모르느냐? 모든 여인은 누군가의 귀부인인 것을 모르느냐?" 돈키호테가 말했다. "당장 여인들에게 사과해라. 이놈들아!"

"이 미친 노인네가 뭐라는 거냐?"

"몰라."

남자들은 여전히 낄낄대며 웃어댔다. 그러자 이번에는 노인이 말했다.

"당장 사과하게. 아니면 자네들의 더러운 본모습이 나타날 것이네."

남자들은 노인의 말을 무시하고 술을 한 잔 따라 마셨다.

그러면서 주변을 둘러보았다. 그들은 어떤 여자를 보더니 한번 먹고 싶다고 했다. 그들에게는 여자가 한 사람의 인간이 아닌 먹는 것이었다. 노인은 오래 참다가 마침내 말했다.

"본래 모습을 보여라."

순간 남자들의 얼굴과 어깨가 흘러내렸다. 그리고 그들의 본래 모습이 드러났다. 눈은 더 찢어졌고 광대뼈는 튀어나왔고 어깨는 좁아졌다. 피부는 더러워졌다. 흉측했다. 그것이 그들의 원래 모습이었다. 그들은 서로를 보며 자기 모습이 어떻게 변했는지를 깨닫고는 노인에게 무슨 짓을 한거냐고 소리쳤다. 그중 한 명이 노인의 멱살을 잡았다. 산티아고가 옆에서 남자를 막으려고 했는데 멱살 잡은 남자의 손목이 갑자기 부러졌다. 그들은 무서웠는지 술값도 내지 않고 도망쳤다.

"여인들이여, 비록 나의 귀부인 둘시네아 델 토보소 님만큼은 아니지만, 그대들도 충분히 아름답소."

산티아고는 눈앞의 여자들이 아름다워 보인다면 돈키호테의 눈에는 분명 모든 여자가 아름다울 거라고 생각했다. 울상이던 두 여자의 얼굴이 환해졌다. 한 명은 갑자기 눈물까지 흘렸다. 그 여자는 아름답다는 말을 태어나서 처음 들어본다고 말하면서 서럽게 울었다. 부모님도 아름답다는 말을 해준 적이 없다고 했다. 눈물은 멈추지 않았다. 산티아고는 여자가 우는 모습을 보며 일생을 외모 때문에 겪었을 모욕을 고스란히 느낄 수 있었다. 아무 잘못도 하지 않았는데 못생긴 여자에게 인생은 너무 가혹했다. 아마 세상은 못생긴 남자보다 못생긴 여자에게 더 가혹하지 않을까. 노인은 여자의 눈물을 닦아주었다. 그리고 진실을 알려주었다.

"못생긴 사람에게도 잘생긴 사람에게도 말해주고 싶군. 지금 얼굴은 본래의 얼굴이 아니니 낙심하지도 말고 교만하지도 말라고. 앞으로 오게 될 세상에서는 마음이 아름다운 사람이 아름다운 얼굴을 상으로 받게 될 것이네. 그래야 공평하지 않은가."

"신이 공평하기는 한가요." 산티아고가 말했다.

"하느님은 언제나 공평하시오."

"신이 불공평하다는 생각은 대부분 죽음이 끝이라는 데에서 나온다네."

"저 남자들이 죽어버렸으면 좋겠어요." 여자가 울면서 말했다.

"저들은 이미 벌을 받았네. 나쁜 남자들을 보고 모든 남자를 미워하지 말게. 세상에는 상처받은 여자들이 남자들을 미워하는 마음을 먹고 사는 악마들이 존재해. 그들이 지금 세상을 망치고 있지. 그들에게 이용당하지 말게."

여자의 울음은 한동안 그치지 않았다. 돈키호테와 산티아고는 말없이 술을 마셨다. 앞에서는 함께 있던 다른 여자가 울고 있는 여자를 위로했다. 여자는 간신히 입을 떼고 말했다.

"저도 사랑받고 싶어요."

"모든 사람은 사랑받기 위해 태어났네." 노인이 말했다.

"저를 사랑해 줄 남자가 있을까요?" 여자가 말했다. "저는 제가 보기에도 못생겼는 걸요."

"자네가 사랑을 믿는다면, 자신을 사랑한다면, 그 사랑을 누군가에게 전해준다면, 자네도 사랑을 받게 될 걸세." 노인이 말했다. "그리고 말했지 않은가. 지금 자네의 얼굴은 원래 얼굴이 아니라고."

"마음을 아름답게 가지라고요?" 여자가 코를 훌쩍이며 말했다.

"그렇네. 모든 것이 끝나는 날, 그리고 모든 것이 시작하는 날, 그날이 오면 우리가 얼굴과 얼굴을 마주하여 볼 것이네. 그 세상에는 못생긴 사람이 없을 거야."

못생긴 사람이 없다는 노인의 말에 여자는 웃음이 터졌다. 여자는 기분이 한결 나아 보였다. 옆에 있던 여자도 같이 웃었다.

"여자는 남자에게 정복당하기를 원하네. 동시에 남자가

자신에게 무릎 꿇기를 바라지. 누구에게도 지기 싫어하지만 자기 여자에게만은 무릎 꿇을 수 있는 것이 남자라네. 둘은 서로를 원하도록 태어났네. 다른 것은 없어. 다른 것은 모두 거짓이야." 노인이 말했다. "모든 사람에게는 운명 같은 사랑이 세상에 단 한 명 존재하네. 착하고, 진실되고, 용기 있는 사람들, 그리고 사랑을 믿는 사람들은 모두 운명적인 사랑을 선물로 받게 될 것이네."

운명 같은 사랑 이야기를 듣자 여자들의 얼굴이 환해졌다. 아마 그들도 어린 시절에는 믿었으리라. 사람들이 잊어버린 진실을. 운명 같은 사랑을 만날 것을. 자신이 동화 속의 공주님이라는 것을.

"모든 사람의 인생은 한 편의 영화라네. 비유가 아니라 진실로 그렇다네. 어떤 영화를 찍을지는 모두 자신의 선택에 달려있어. 그러나 자신의 인생에서 주인공이 되지 못한 사람들이 많네. 그러니 가서 자네들의 왕자님을 찾게. 분명 어디엔가 있을 테니. 어쩌면 그 모습은 개구리처럼 보일지도 모르네. 자네들이 지금 개구리인 것처럼. 그러나 진실된 사랑을 찾으면 마법에서 풀려나 원래의 모습을 찾아 아름다워질 것이네."

17

—

იმ დღეს, როცა გაკოცე

한낮의 번화가는 한산했다. 술집은 대부분 문을 닫았다. 전날의 외로움이 아직 남아있어 밤을 새워 술을 마시는 몇몇 남자들 말고는 사람이 보이지 않았다. 그 많던 사람들이 낮에는 어디서 뭘 하다가 밤만 되면 어슬렁어슬렁 나타나는지 신기할 정도였다. 거리는 지저분했다. 담배꽁초와 쓰레기들이 버려져 있었고 누군가 토한 흔적이 있었다. 아직도 술에서 깨지 못해 거리에서 배를 보이며 잠을 자는 남자도 있었다. 노인은 남자를 깨우려다 관두고 옷으로 남자의 배를 가려주었다. 산티아고는 이틀 연속으로 술을 마셔서 속이 안 좋았는데 토할 정도는 아니었다.

세 사람은 말을 끌고 번화가 뒷골목으로 들어갔다. 골목에는 속이 다 보이는 옷을 입고 지나가는 남자들을 유혹하는 여자들이 있었다. 빛 뒤의 그림자였다. 여자들은 남자들이면 누구나 좋아할 만한 몸매를 가지고 있었고 얼굴도 괜찮았다. 머리도 감지 않은 것 같고 지저분한 옷을 입은 남자가 대낮부터 한 손에 술병을 들고는 여자들에게 말을 걸고 있었는데, 한눈에 봐도 거지 같이 보였다. 여자들은 거지를 무시하고 산티아고 일행에게 말을 걸었다. 그들은 잘해주겠다고 하면서 골목길에 있는 자신의 조그만 방으로 들어오라고 했다. 자존심이라고는 다 내려놓은 듯이 보였다.

창녀는, 술주정뱅이는 어린 시절 무엇이 되고 싶었을까? 산티아고는 생각했다. 무엇이 그들을 그렇게 만들었을까? 어린 시절에 가졌던 마음을 조금이라도 기억할까?

"귀부인들이여, 나는 이미 임자가 있는 몸이라오."

여자들은 자기들에게 어울리지 않는 귀부인 소리를 듣자 요란하게 웃어댔다.

"같이 밥을 먹겠나?" 노인이 말했다.

여자들은 세 사람을 바라보며 서로 뭐라고 말하더니 흔쾌히 좋다고 했다.

"자네도 오게." 노인은 거지에게도 손짓하며 말했다.

이렇게 해서 창녀 둘과 거지 그리고 세 사람은 같이 점심을 먹게 되었다. 거지는 뛸 듯이 좋아하면서 맛집을 안다고 길을 안내했다. 일행은 거지를 따라 다시 번화가로 향했다.

거지의 말은 사실이었다. 돼지 뒷다리를 건조해 만든 요리가 나왔는데 짠맛이 강했지만 맛있었다. 와인과 어울리는 맛이었다. 거지는 허겁지겁 음식을 먹다가 맥주도 시켜서 마셨다. 산티아고는 원래 술을 마실 생각이 없었는데 거지가 맛있게 먹는 모습을 보고는 따라서 맥주를 시켰다. 그러자 남은 네 사람도 맥주를 한 잔씩 시켰다. 대낮부터 술자리가 벌어졌다.

"사는 게 좀 어떤가?" 노인이 말했다.

여자들은 푸념을 늘어놓았다. 그들은 항상 이야기를 들어주기만 하다가 누군가 자기 이야기를 들어주니 끊임없이 말했다. 그들도 인간이었다. 그들에게는 그들의 이야기가 있었다. 한 여자는 기억에 남는 손님 이야기를 했다.

"20대 초반으로 보이는 앳된 얼굴의 남자애였어요. 술에 취해 울면서 말하더라고요. 죽고 싶다고요. 오랫동안 짝사랑하던 여자애가 있었는데, 하루는 친한 형과 셋이서 술을 마셨대요. 그런데 왠지 그날따라 느낌이 이상해서 자리가 끝나고 둘을 몰래 따라가 보았는데 글쎄, 숙소에 같이 들어가는 걸 봤다지 뭐예요." 여자가 말했다. "제정신으로 저를 찾아오는 남자는 없어요."

산티아고는 듣기만 해도 가슴이 쓰려왔다. 사랑하는 여자가 다른 누군가와 잠자리를 가진다는 사실은 남자를 깊은 곳에서부터 무너뜨린다. 그런 짝사랑을 해보지 않은 남자는 아마 없지 않을까. 그렇다면 누군가는 슬플 수밖에 없는 세상이 아닌가. 이 세상은 슬픔을 위해 만들어진 곳인가? 이 세상은 슬픔을 배우는 곳인가?

"남자들은 위로받고 싶어서 저를 찾아오는 것 같아요."

여자는 자기 이야기도 했다. 지인 중에 자기가 몸 파는 일을 하는 걸 아는 사람은 별로 없다고 했다. 일하다가 혹시 아는 사람을 만날까 봐 일하는 곳과 사는 곳이 멀리 떨어져 있다고 말하면서 걱정했다. 여자의 눈은 슬퍼 보였다.

"이런 저를 사랑해 줄 남자가 있을까요?"

"있네. 잘 찾아보게. 분명히 어딘가에 있을 테니. 모든 사람은 세상에 단 한 명 운명 같은 사랑이 존재하네." 노인이 말했다. "몸을 파는 여자를 사랑해 줄 남자는 아마 별로 없겠지만, 이미 사랑하는 여자라면 그런 일은 상관없어. 사랑은 허다한 죄를 덮는다네."

어딘가에 운명적인 사랑이 있다는 이야기는 마법의 주문이었다. 여자 얼굴에서 슬픔이 사라지고 옅은 미소가 보였다.

"어쩌다가 이렇게 됐는지 저도 모르겠어요. 다시 태어난다면 이런 일은 하고 싶지 않아요." 여자가 말했다. "그냥 사랑하는 사람을 만나 나와 그 사람을 닮은 아이를 낳고 소소한 행복을 즐기면서 살고 싶어요."

"자네는 좋은 사람이야." 노인이 말했다. "자네가 하는 일은 부끄러운 일이지만 나쁜 일은 아니라고 말하고 싶군. 아니, 어쩌면 상처받은 남자들을 위로해 주는 것이니 칭찬받을 일인지도 모르네. 자네들이 지은 죄라고는 자신을 사랑하지 않은 것밖에 없어."

"자신을 사랑하지 않은 것도 죄가 되나요?"

"그렇네. 모든 사람은 자신이 사랑받을 수 있다는 진실을 알아야 해."

노인과 산티아고, 돈키호테는 식사를 마치고 한 명씩 말에 태워서 처음 만났던 골목으로 데려다주었다. 여자들은 태어나서 처음으로 말을 타본다며 신기한 듯이 말을 쓰다듬었다. 거지는 배부르게 먹어서인지 유난히 기분이 좋아보였다. 그들은 노인에게 감사 인사를 하고 헤어졌다.

하늘은 구름 한 점 없이 맑았다. 따듯한 바람이 어디선가 불어왔다. 봄바람에 말도 설렜는지 히이잉거리며 울었다. 산티아고는 대낮부터 술을 마셔서 살짝 어지러웠다. 술 마시고 말을 타도 되나 걱정했지만, 가만히 자세를 잡으면 말이 알아서 걸어가니 그리 위험하지 않았다.

세 사람은 광장을 지나갔다. 광장 앞에는 여자들 몇십 명이 모여있었는데 가까이 가보니 시위를 하고 있었다. 그들은 여성 해방을 외치면서 지나가는 남자들에게 욕지거리를 했다. 좀 더 지켜보니 남자들에게만 욕하는 건 아니었다. 화장하고 아름답게 꾸민 여자가 지나가자 창녀라고 말하며 입에 담기 어려운 말들을 해댔다. 그들은 아름다운 모든 것들을 혐오하는 듯이 보였다. 정작 그들 안에 혐오가 가득하면서 남자들에게 여성을 혐오하지 말라고 외쳐댔다. 아이러니했다. 노인은 불쌍한 눈으로 그들을 쳐다봤다.

"사랑받지 못한 여자들의 분노와 질투가 느껴지는가?" 노인이 말했다. "세상 대부분의 문제는 사랑이 없는 데서 나온다네."

"그냥…. 불쌍해요."

"저들이 모르는 진실이 있어." 노인이 말했다. "남자가 여자의 주인이라네."

산티아고가 문제의 소지가 있는 발언이라고 말하려는 순간 노인이 말했다.

"그리고 여자가 남자의 주인이네. 서로가 주인이 되어야 하네."

"이해는 가요. 어제 같은 일을 당한다면 저도 남자가 싫어질 것 같아요."

"슬픔을, 분노를 이기지 못한 인간은 누구나 악마가 될 수 있어."

"저들을 구할 방법은 없는 것이오?"

"개구리 왕자를 찾는다면, 진실한 사랑을 찾는다면 저들도 지옥에서 빠져나올 수 있네." 노인이 말했다. "안타까운 사실은 못생긴 괴물을 구하러 갈 남자는 이 세상 팔십 억명의 사람 중에 단 한 사람도 없다는 것이네. 저들은 스스로 깨달아야 하네. 자신들이 지금 지옥에 있다는 것을."

"저 여자들을 이용하는 사람이 나쁜 것 같아요."

"저들의 분노와 슬픔을 먹고 자라나는 악마들이 있어." 노인이 말했다. "그들의 죄는 하늘이 물을 것이네."

세 사람이 말을 타고 시위하는 여자들 옆을 지나가자 마찬가지로 욕설이 쏟아졌다. 그들은 처음 보는 산티아고에게 벌레 같은 놈이라고 욕하며 자살하라고 소리쳤다. 그들은 고인을 모욕하기도 했다. 산티아고는 한숨이 나왔지만 무시하고 지나가려고 했는데 갑자기 돈키호테가 말에서 내렸다.

"여인들이여! 진실을 알려주겠소! 그대들도 충분히 아름답소. 그대들에게 상처를 준 나쁜 남자들이 분명 존재하지만, 세상 모든 남자가 나쁜 것은 아니라오. 나쁜 놈들에게 이용당하지 마시오!" 돈키호테가 말했다. "여기서 이러지 말고 그대들의 사랑을 찾으시오! 분명 어딘가에 있을 테니."

구름 위에는

분노가 되어버린 슬픔은 그들을 어두운 곳에 가두어 놓았다. 그들이 있는 곳은 너무 깊어 돈키호테의 진심이 닿지 않았다.

"뭐라는 거야. 이 미친 노인네가!"

행렬의 앞에 선 몸집 좋은 여자가 소리쳤다. 그 여자는 뭐라고 욕을 해대다가 자기 분을 못 이기고 돌멩이를 주워 던졌다. 돈키호테는 갑옷을 입고 있지 않았다면 상처를 입었을 정도로 세게 돌멩이에 맞았다. 한 명이 돌을 던지자 너도나도 따라서 돌을 던지기 시작했다. 광기가 그들을 지배했다. 그중 몇 개는 돈키호테를 맞췄는데 그는 아랑곳하지 않고 그 자리에 그대로 서있었다.

"돈키호테, 이리로 오게. 저들 중 아직 멀리 가지 않은 자들은 자네의 말을 들었을 것이네. 자네는 할 일을 다 했어." 노인이 말했다. "저들을 구할 수 있는 것은 진실을 마주한 자기 자신뿐이네."

주변에 돌멩이가 많지 않았는지 돌팔매질이 멈췄다. 세 사람은 말을 타고 서쪽으로 나아갔다.

18

—

უბედნიერესი კიყავი

세 사람은 말을 타고 숲속으로 들어갔다. 조금 더 깊숙이 들어가자 빨간 장미꽃으로 가득한 곳이 나왔다. 하얀색과 파란색 천막 주변에서 옷을 잘 차려입은 사람들이 웅성거리고 있었다. 모험을 좋아하는 돈키호테는 그곳을 그냥 지나치지 않았다. 그는 한 여자를 붙잡고 물어봤다.

"무슨 일 있소?"

"세상에서 가장 기쁜 날이죠. 서로 모르던 두 사람이 하나가 되는 날이에요."

"같이 축하해 줘도 되겠소?"

"물론이죠."

그날의 주인공으로 보이는 여자는 새하얀 드레스에 하얀 머리띠를 하고, 한 손에는 꽃다발을 들고 있었다. 그리고 남자 주인공은 검은색 정장을 입고 있었다. 사람들은 천막 아래에서 웅성거렸다. 세 사람은 말을 나무 밑에 매어놓고 하얀 천막 아래에 자리를 잡고 앉았다.

"결혼이 어떤 의미인지 아는가?" 노인이 산티아고에게 물었다.

"남자와 여자가 만나 영원한 사랑을 약속하는 것이죠."

"하느님께서 남녀를 맺어주신 것이 결혼이오." 돈키호테가 말했다. "하느님이 짝지어 주신 것을 사람이 나누지 못할 것이오."

"이 세상이 끝나고 영원한 세상이 있네. 그 세상은 끝나지 않을 거야. 그 세상은 영화 같을 것이네." 노인이 말했다. "영화 한 편이 끝나면 또 다른 영화에서, 그 영화가 끝나면 또 다른 영화에서 그렇게 영원히, 영원히 함께하는 것이 결혼이라네."

"사랑하는 사람과 영원히 살게 된다면 그곳이 어디든 천국일 거예요."

사람들이 몇 명씩 모여 저마다 이야기에 빠져있는데 한 남자가 앞에 나와서 주의를 집중시켰다. 웅성거리는 소리가 잦아들자 남자는 원래 주례를 서기로 한 목사님이 있었는데, 어젯밤 전염병에 걸려 안타깝게도 참석하지 못하게 되었다고 말했다. 그러면서 대신 주례를 맡아줄 사람을 찾았다. 노인은 자기가 해도 되겠냐고 물었다. 남자는 노인을 훑어보더니 흔쾌히 좋다고 말했다. 이제 사람들의 시선은 남자가 아닌 신랑과 신부를 향했다. 둘은 두 손을 꼭 맞잡았다.

"두 사람은 서로에게 가장 소중한 사람, 슬픔과 기쁨, 모든 것을 함께할 사람, 이 세상이 끝나고 다음 세상에서도 영원히 함께할 사람이 될 것을 약속하겠는가?"

"약속해요. 영원히 사랑할게요."

두 사람은 약간 떨리는 목소리로 말했다. 신랑의 눈에는 눈물이 글썽거렸다. 그러다 결국 눈물을 흘리자 신부가 왜 우냐며 신랑을 안아주었다. 신부는 울고 있는 신랑의 등을 토닥거리며 눈물을 닦아주었다. 그렇게 둘은 하나가 되었다.

주례가 끝나자 다섯 살 정도로 보이는 아이가 한 손으로는 엄마 손을 잡고 다른 손에는 하얀 풍선을 쥐고서 아장아장 걸으며 결혼반지를 가져왔다. 남자는 여자의 손에 반지를 끼워준 뒤 키스했다. 사람들이 박수 치며 환호했다. 신랑과 신부는 두 눈을 감았다. 지금 두 사람의 영혼이 있는 곳은 땅 위가 아니었다. 구름 위에 있었다.

아이가 잡고 있던 풍선을 놓자 하얀 풍선이 바람을 타고

구름 위에는

하늘 높이 날아갔다. 풍선은 구름 위로 사라졌다.

"하늘을 봐요!"

누군가 하늘을 가리키며 소리쳤다. 산티아고는 하늘을 바라봤다. 하늘에 하트 모양 구름이 있었다. 한두 사람 하늘을 올려다보는가 싶더니 모든 사람이 고개를 들고 신기해했다. 신랑과 신부는 하늘을 바라보며 웃었다. 노인도 미소 지었다. 사람들은 하늘이 축복해 주는 결혼이라며 왁자지껄 떠들어댔다.

남자는 다시 주의를 집중시키더니 아직 결혼하지 않은 남자와 여자들을 한곳으로 모았다. 부케의 주인을 정하기 위해서였다. 여자들은 장난스레 꽃다발이 자기 것이라고 서로 우겼다. 사람들이 모이자 신부가 등 뒤편으로 꽃다발을 던졌다. 꽃다발을 받으려는 사람들이 약간의 몸싸움을 해서 몇 명은 살짝 넘어졌다. 꽃다발이 높이 포물선을 그리다가 산티아고의 머리에 맞고 그의 손에 들어왔다. 리시안셔스였다.

"다음 차례는 자네인가 보군." 노인이 말했다.

"아직 그녀를 만나지도 못했는 걸요."

"자네의 결혼은 하늘이 축복할 것이네." 노인이 말했다. "오늘 본 것은 비교도 되지 않을 만큼."

"제가 바라는 것은 한 가지뿐이에요."

노인은 미소 지었다. 산티아고는 그 의미를 알 수 없었다.

결혼식이 끝나고 먼저 집에 갈 사람들이 떠난 뒤 피로연이 시작되었다. 훈제 연어와 스테이크, 랍스터까지 맛있는 음식이 잔뜩 있었다. 사람들은 와인과 맥주를 마시며 떠들어댔다. 사람들은 돈키호테에게 왜 갑옷을 입고 있냐고 물어봤고 돈키호테는 용을 무찌르고 세상을 구하기 위해서라고 대답했다. 그 말에 다들 깔깔거리며 웃었다. 그러면서 돈키호테에게 응원의 말도 건넸다. 돈키호테는 산티아고와 노인을 사람들에게 소개했다.

"이분은 나와 같은 편력 기사고, 오늘 주례를 섰던 이분은 마법사님이오."

"마법사요?"

마법사라는 말을 듣자 사람들의 눈이 동그래졌다. 사람들이 정말 마법사냐고 또다시 물었는데도 노인이 그렇다고 하자 정말 마법사라면 마법을 보여달라고 했다. 노인은 와인 잔을 가져오라고 했다.

"내가 주는 잔은 영원히 마르지 않을 것이네."

잔에는 레드 와인이 담겨있었는데 한 사람이 그것을 다 마시자 조금 뒤에 잔 밑에서 와인이 솟아나 잔을 채웠다. 네다섯 번을 마시고 버리기도 했는데 와인은 또다시 잔을 채웠다. 사람들은 감탄을 내뱉으며 아이처럼 신기해했고,

몇몇 남자들은 속임수를 찾아내려고 의심의 눈초리로 잔을 훑어봤다. 속임수는 없었다.

파티는 늦은 시간까지 끝나지 않았다. 창밖에는 은은한 달빛이 온 세상을 비추었다. 그림자가 생길 정도로 밝은 달빛이었다. 사람들은 어슴푸레한 불빛 아래에 모여서 한 손에 와인이나 맥주를 들고 이야기를 나누었다. 마르지 않는 잔을 돌아가며 마시기도 했다.

그러다가 산티아고는 자신의 이야기를 했다. 운명이라고 믿는 사랑을 만났지만 일주일 동안 그 사람만 생각하다가 잠을 자지 못해 미쳐버렸고, 그 사람에게 상처를 주고 정신병원에 실려 갔다고 말했다. 모든 사람이 조용히 산티아고의 이야기를 들었다. 한 여자는 산티아고에게 그녀를 꼭 만나길 기도하겠다고 하면서 위로했다.

"얼마나 좋았으면 일주일 동안 잠을 못 잤나요?" 여자가 물었다.

"저는 이기적인 사람이었어요." 그가 말했다. "누군가를 아무리 좋아해도 나 자신보다 좋아하는 건 말이 안 된다고 생각했거든요. 그런 사랑 이야기는 영화 속에나 존재하는 줄 알았어요. 그런데 아니었어요. 그녀를 처음 본 날 느꼈어요. 저는 그녀를 위해, 그녀는 저를 위해 존재한다는 것을. 그리고 그 감정은 그녀를 만날수록 분명해졌어요. 처음

봤는데도 마치 오래전부터 알고 지낸 사람 같았어요."

"그녀의 어떤 점이 그렇게 좋았나요?"

"모든 것이 좋았어요." 산티아고가 말했다. "그녀를 만나기 전에도 여자를 만난 적이 있었는데 그 사람도 많이 좋아했거든요. 그런데 그녀는 차원이 달랐어요. 그녀의 부족한 부분조차도 저를 채워주는 것 같았어요. 완벽하지 않은 것들이 그녀를 더 완벽한 존재로 만들었어요. 그녀와 함께 있으면 무엇이든, 정말 무엇이든, 어떤 고난이든, 그것이 목숨을 거는 일이라고 해도 할 수 있을 것 같았어요."

이런저런 이야기를 나누고 있으려니 몇몇 사람이 바깥 날씨가 너무 좋다며 나가자고 제안했다. 그 말에 하나둘씩 밖으로 나갔다. 달빛은 밝았고 별빛도 밝았다.

사람들은 술에 취해 달빛 아래에서 춤을 추기 시작했다. 누구의 눈치도 보지 않고 몸을 흔들었다. 누군가에게 보이기 위한 춤이 아니었다. 노인은 로봇처럼 몸을 꺾으며 브레이크 댄스를 췄다. 타고난 춤꾼이었다. 사람들은 노인이 춤추는 모습을 보더니 박수를 치면서 폭소를 터뜨렸다. 노인은 자신을 보고 웃는 사람들을 보며 사이코패스같이 즐거워했다. 사람들은 노인과 하이파이브를 하며 춤을 췄다. 노인은 못 하는 것이 없어 보였다. 반면에 산티아고는 돈키호테와 함께 생각대로 움직이지 않는 몸을 최대한 움직여보

구름 위에는

며 리듬을 탔다.

"그런 춤은 어디서 배우신 거예요?"

"철 지난 노인네가 아니라고 하지 않았는가. 몇 번을 말하나."

"철 지나지 않은 정도가 아닌데요."

사람들은 달을 보며 웃었고 달도 춤추는 사람들을 내려다보며 웃었다.

19

—

მთელ მსოფლიოში

창문으로 들어오는 가벼운 바람이 소파 위에서 자고 있던 산티아고를 깨웠다. 소파 밑에는 늦게까지 남았던 하객들과 돈키호테가 아직 단잠에 빠져있었다. 노인은 어디 갔는지 보이지 않았다. 산티아고는 세수하고 다시 거실로 돌아왔다. 식탁에는 어제 노인이 마법을 걸어놓은 잔이 있었다. 맛만 본다는 게 그만 너무 맛있어서 한 잔을 다 비워버렸다. 빈 잔은 곧 새 와인으로 채워졌다. 그는 이제 마르지 않는 잔을 봐도 그러려니 했다. 노인이 마법으로 무슨 짓을 더 해도 놀라지 않을 것 같았다.

산티아고는 와인 한 잔을 들이켠 바람에 아침부터 살짝

구름 위에는

취기가 오른 상태로 밖으로 나갔다. 햇빛은 맑고 구름은 흩어져 있고 하늘은 푸르렀다. 그는 숨을 크게 들이마셨다. 상쾌한 아침 공기가 목구멍을 타고 깊이 들어왔다. 노인은 나무 밑 벤치에 앉아있었다. 가까이 가보니 노인의 어깨에 작은 새 한 마리가 앉아있었다. 나이팅게일이었다. 노인은 조심스럽게 손으로 새를 감싸 쥐었다. 새는 가만히 있었다. 노인이 새의 등에 입을 맞췄다. 새가 지저귀는 게 꼭 노인의 손길을 좋아하는 것 같았다.

"새들은 심지도 않고 거두지도 않고 창고에 모아들지도 않는다네."

"걱정이 없나 봐요."

"자네는 무슨 걱정이 있나?"

"그냥…. 앞으로 어떻게 될지 모르니까요."

"걱정하지 말게." 노인이 말했다. "모든 이야기는 결국엔 해피엔딩이라네."

"비극으로 끝나는 이야기도 있는 걸요."

"무슨 이야기가 그렇지? 말해줄 수 있나?"

"예를 들면…. 로미오와 줄리엣이 그렇죠."

노인은 갑자기 웃음을 터뜨렸다. 산티아고가 의아해서 물었다.

"뭐가 그렇게 웃기세요?"

"로미오와 줄리엣의 이야기는 비극이 아니네." 노인이 말했다. "비극이 아닌 정도가 아니라 그보다 더 해피엔딩은 없을 정도로 해피엔딩이라네."

노인이 말하면 헛소리도 헛소리 같지 않았다. 노인의 품 안에 있던 새도 노인의 말이 옳다는 듯이 지저귀었다. 노인이 한 손으로 새를 쓰다듬었다.

"로미오와 줄리엣은 너무 아름다운 이야기야."

"해피엔딩이라고 하기엔 마지막에 둘 다 죽었는 걸요."

"자네가 이야기를 비극이라고 생각하는 것은 죽음이 끝이라는 데에서 나온다네." 노인이 말했다. "죽음은 끝이기도 하지만 영원한 생명의 시작이기도 하네."

"사람들 대부분은 죽음이 끝이라고 생각해요."

"사람들은 알아야 하네." 노인이 말했다. "이 세상은 잠시 왔다 가는 곳에 불과해. 죽음 뒤에 진실이 우리를 기다리고 있어."

노인은 손에 감싸 쥐고 있던 새를 놓아주었다. 새는 호기심 어린 표정으로 노인을 한 번 바라보고는 멀리 날아갔다. 햇살에 눈이 부셨다.

해가 하늘 높이 뜨자 사람들이 한둘씩 일어났다. 그러고는 어제 먹다 남은 음식을 먹으면서 이야기를 나눴다. 몇몇 사람들은 노인에게 춤을 알려달라 했고 노인은 웃음으로 대

답을 대신했다. 마르지 않는 잔을 돌려가며 마시는 사람들
도 있었다. 잔이 아직도 마르지 않자 사람들은 어제보다 더
신기한 눈으로 쳐다봤다. 그중에 의심 많은 남자가 물었다.

"어르신, 무슨 속임수를 쓰신 거예요?"

"속임수 같은 것은 없네."

"세상에 마법 같은 건 없어요." 남자가 말했다. "이성적인
사람은 그런 걸 믿지 않아요."

"무엇을 믿지 않는다는 건가?"

"그런 비과학적인 현상들 말이에요."

"자네는 과학을 믿나?"

"그렇죠. 과학적 진리는 절대 변하지 않으니까요."

"절대 변하지 않으리라는 것을 어떻게 확신하나? 내일
태양이 뜨리라는 것을 어떻게 확신하나?"

"태양은 어제도 오늘도 떴으니까요."

"그 사실이 태양이 내일도 뜬다는 것을 말해주나?"

"태양이 뜬다는 것은 언제나 변함없는 진실이에요."

"사실을 진실로 착각하지 말게." 노인이 말했다. "사실이
모여서 때로는 거짓이, 때로는 진실이 된다네."

"어려운 소리를 하시네요."

"진실은 눈에 보이지 않는 것들이네. 태양이 갑자기 그
빛을 잃을 수도 있지 않겠나?" 노인이 말했다. "그건 모르

는 일이라네."

"말도 안 되는 소리 하지 마세요."

남자는 노인을 무시하며 피식 웃었다.

"과학이란 그저 잘 정리된 하나의 규칙에 불과하네." 노인이 말했다. "그 규칙은 누가 만들었지?"

노인은 잔에 있는 와인을 한 번에 다 마셨다. 와인은 다시 차올랐다. 남자는 잔을 들고 이곳저곳을 살펴봤지만, 이상한 점을 발견할 수 없었다.

"비밀이 알고 싶나?" 노인의 눈이 반짝거렸다.

사람들이 고개를 끄덕거렸다. 의심을 하던 사람들도 궁금하긴 마찬가지였다.

"믿음이라네." 노인이 말했다. "믿음이 겨자씨 한 알 만큼만 있어도 못할 것이 없을 것이네."

사람들 반응이 제각각이었다. 어떤 사람들은 김빠지는 소리를 한다며 볼멘소리했고 어떤 사람들은 노인에게 제자로 받아달라고 장난스럽게 말했다. 노인은 지금은 해야 할 일이 있어서 제자를 받을 여건이 안 된다고 했다. 내심 마법을 제대로 배우고 싶었던 사람들은 아쉬워했다. 그러면서 할 일이 무엇이냐고 물어봤다. 노인이 세상을 구하러 가야 한다고 말하자 사람들이 웃음을 터뜨렸다.

"어디로 가시는데요?" 한 여자가 물었다.

구름 위에는

"사카르트벨로라네." 노인이 말했다.

"들어봤어요. 확실하지는 않은데…. 그곳에 지금 전염병이 돌고 있다던데요?"

"무서운 일이 일어나고 있어."

"하느님이 우리를 지켜주실 것이오." 돈키호테가 말했다.

"생각을 하는 사람은 신을 믿지 않아요." 남자가 말했다. "자신을 믿지."

"살아계신 하느님을 부정하는 것이냐? 이 불경한 놈아!"

"돈키호테, 화내지 말게. 사람마다 믿음이 다르다네."

노인이 화난 돈키호테를 진정시켰다.

그때 갑자기 세상이 어두워졌다. 금방 걷히는 어둠이 아니었다. 어둠이 계속되자 사람들은 무슨 일인가 싶어서 하늘을 바라봤다. 태양이 구름에 가린 것이 아니었다. 온 세상을 밝게 비추던 태양이 사라져 있었다. 분명 한낮인데 하늘에는 태양 대신 아름다운 별이 밝게 빛났다. 마치 세상이 끝나는 날 같았다.

말이 안 되는 상황은 사람들을 혼돈으로 밀어 넣었다. 사람들은 처음에는 세상이 멸망하려고 한다며 농담하다가 점점 웃음기가 사라졌다. 태양이 빛을 잃은 지 한 시간도 안 되어 공포가 사람들을 지배했다. 평소에 신을 믿지 않는 사람들도, 신에게 욕을 하던 사람들도 알 수 없는 절대적인 존재에게 기도했다. 신에게 기도했다. 아니, 그들은 악마에게 기도했다. 그리고 신을 미워했다. …왜 신을 원망하는 거지? 왜 악마를 원망하는 인간은 없는 거지?

"말도 안 돼." 남자가 말했다.

"별빛이 아름답군." 노인이 말했다.

"이럴 수는 없어요."

"진실은 눈에 보이지 않는 것들이네."

"어떻게 좀 해보세요."

노인은 여유롭게 와인을 마셨다. 그러면서 다른 사람들도 와인을 마시라고 잔을 권했다. 불안에 떨던 사람들이 와인을 마시고 조금씩 감정을 가라앉혔다. 그렇게 모든 사람이 돌아가면서 와인을 마셨다. 의심 많던 남자도 와인을 마셨다. 노인은 사람들에게 옆에 있는 사람의 손을 잡으라고 했다. 사람들은 옆 사람의 손을 잡고 둥글게 섰다. 노인이 눈을 감았고 곧 모든 사람이 눈을 감았다.

"하늘에 계신 우리 아버지, 우리가 잠시 어둠에 있사오나 곧 영원한 빛이 우리를 감쌀 것을 압니다. 거짓은 진실을 이길 수 없음을 압니다. 어둠은 빛을 이길 수 없음을 압니다. 가장 높은 곳에서 우리를 빛으로 인도하소서."

노인은 기도를 끝내고 손가락을 한 번 튕겼다. 산티아고는 눈을 감고 있는데도 주변이 밝아오는 것이 느껴졌다. 사람들은 하나둘씩 눈을 떴다. 하늘에는 언제나 그랬듯이 태양이 자리를 지키며 빛나고 있었다. 사람들은 그제야 마음을 놓았다.

"세상에 당연한 것은 하나도 없네." 노인이 말했다.

"감사해요." 산티아고가 말했다.

"뭐가 말인가?"

"햇빛을 주신 거요." 그가 말했다. "그리고 모든 것이."

세 사람은 사람들에게 인사를 하고 길을 떠났다.

20

—

შენ შეგხვდი და

세 사람은 길을 따라 들판을 걸어갔다. 하늘은 푸르렀고 구름 한 점 없이 맑았다. 하늘에는 새 한 마리가 지평선을 향해 날아가고 있었다.

"이제 곧 나오는 사막을 건너가면 사카르트벨로라네."

"이 몸은 언제나 용과 싸울 준비가 되어있소."

"무서운가?"

"어떻게든 되겠죠." 산티아고가 말했다. "할아버지와 함께하면 무서운 게 없어요."

노인은 알 수 없는 미소를 지었다.

세 사람이 말을 타고 조금 걸어가자 사람들이 많이 모여

있는 곳이 나왔다. 사람들은 모두 숙연한 표정을 지었다. 산티아고가 지나가는 사람에게 무슨 일이냐고 물어보니, 열 살 소년의 장례를 치르고 있다고 했다. 소년은 병에 걸려서 몇 년 동안 아프다가 며칠 전 하늘나라로 떠난 것이다. 몇몇 장정들이 관을 들었고, 그 뒤를 가족과 애도하는 사람들이 따랐다. 노인과 돈키호테, 산티아고도 말에서 내려 사람들을 따라 걸었다. 잠시 후 장례 행렬은 비석이 있는 들판에서 멈춰 섰다.

"열 살밖에 안 된 소년이 왜 죽어야 하나요?"

"사람마다 각자의 이야기가 있는 법이네."

"그래도 너무한 것 같아요."

"착한 사람이 일찍 죽는 법이오."

그때 소년의 엄마로 보이는 여자가 추도사를 했다. 그 여자는 자기 아들로 태어나줘서 고맙고, 언젠가 하늘나라에서 다시 만나자고 했다. 여자는 참다가 결국 울음을 터뜨렸다. 남편으로 보이는 남자가 옆에서 안아주었다. 그 여자는 눈물을 흘리며 아들에게 언젠가 하늘나라에서 다시 만나자고 했다.

"마법으로 아이를 살려줄 순 없나요?"

"그럴 수는 없네." 노인이 말했다. "세상에 슬픈 이야기도 있어야 하지 않겠나."

"사이코패스 같아요."

"사람들은 진실을 말하면서도 진실을 말하는 줄 모른다네." 노인이 말했다. "거짓을 말하면서도 거짓을 말하는지 모르는 것처럼."

"뭐가 말인가요?"

"하늘나라에서 다시 보자고 하는 말 말이네."

"그렇게라도 생각하지 않으면 견딜 수 없으니까요."

"다시 보는 그날은 반드시 올 것이네. 이 세상에서의 이별은 다시 만나는 순간을 위해서 존재해. 그날이 오면 슬펐던 만큼, 아니 그보다 비교가 안 될 정도로 훨씬 더 기쁠 것이네."

"이 세상은 슬픔을 배우는 곳인가 봐요."

사람들은 한 명씩 돌아가면서 묘비 옆에다 꽃을 놓고 고개를 숙여 기도했다. 산티아고도 노인도 돈키호테도 기도했다. 여자는 아직도 옆에서 울고 있었다. 눈물은 멈추지 않았다. 노인은 여자에게 다가가서 안아주었다. 그래도 여자는 계속 울었다. 그때 파랑새 한 마리가 날아와서 묘비에 앉았다. 노인은 두 손으로 조심스럽게 새를 감싸 쥔 다음에 여자에게 다가갔다. 파랑새가 마치 여자에게 울지 말라는 듯이 지저귀었다.

"아이가 좋아하던 새였어요." 여자가 말했다.

"아이가 지금 하늘에서 보고 있네." 노인이 말했다.

"정말 그런가요?"

"자네가 슬퍼해서 아이도 슬퍼하고 있어." 노인이 말했다. "아이는 하늘에서 자네가 웃길 바라고 있네."

"이제 다시는 그 아이의 웃는 모습을 볼 수 없어요."

"그렇지 않네. 이 순간이 지나면 영원히 함께할 수 있어." 노인이 말했다. "아이가 하늘나라에서 기다리고 있네."

여자는 두 손으로 흐르는 눈물을 닦았다. 노인이 여자에게 손수건을 줬다. 여자는 고맙다고 말하며 손수건으로 눈물을 닦았다.

노인은 파랑새를 놔주었는데 새는 하늘로 날아가지 않고 묘비에 그대로 앉아있었다. 사람들은 신기한 눈으로 파랑새를 쳐다봤다. 새는 똘망똘망한 눈으로 사람들을 바라보며 지저귀었다. 여자가 다가가 새를 쓰다듬어 주었다. 새는 날아오르더니 여자의 어깨에 사뿐히 내려앉았다. 여자의 표정이 환해졌다.

"아이가 보내준 거예요."

"이제 믿겠나?" 노인이 말했다. "아이는 하늘나라에 잘 있네."

여자는 그제야 웃었지만, 오래가지는 않았다. 여자는 잠깐 웃음을 보이다가 다시 울었다. 노인은 여자를 안고 토닥였다. 여자의 울음은 보는 사람도 슬프게 했다.

"맘껏 울게." 노인이 말했다. "때로는 울기도 하는 게 인간이야."

"착한 아이였어요." 여자가 훌쩍이며 말했다. "아이가 보고 싶어요."

"자네는 아이를 다시 만날 거야." 노인이 말했다. "그날에 모든 슬픔이 사라질 것이네."

"아이가 보고 싶어요."

"그날은 반드시 올 것이네."

마침내 여자가 울음을 멈추자 사람들이 한 명씩 돌아가며 안아주고 위로의 말을 전했다. 파랑새는 여자의 어깨에서 지저귀다가 멀리 날아갔다. 그렇게 사람들은 소년을 떠나보냈다.

"착한 사람이 슬픈 세상이야."

"신은 세상을 왜 이렇게 만들었나요." 산티아고가 말했다. "왜 슬픔 같은 것을 만든 건가요?"

"하느님의 깊은 뜻을 한낱 인간인 우리가 어찌 알겠소." 돈키호테가 말했다.

"슬픔이 없었다면 슬픈 노래도 없지 않았겠나." 노인이 말했다. "이 세상은 슬픔을, 사랑을 배우는 곳이네."

"모든 사람이 천국에 있으면 안 될 이유라도 있나요."

"슬픔과 고통 모두 이 세상에서만 겪는 특권이네." 노인이 말했다. "그날이 오면 슬픔이 그리워질지도 모르네."

"그 세상이 어떻든 슬픔이 그리워지지는 않을 것 같아요."

노인은 미소 지었다. 세 사람은 해가 지는 방향으로 걸어갔다.

21

—

შემეშინდა

비가 조금씩 내리기 시작했다. 세 사람은 말에서 내려 커다란 나무 밑에서 비를 피했다. 말은 나무 옆에서 풀을 뜯었다. 향긋한 풀냄새가 났다.

"비는 착한 사람에게도 나쁜 사람에게도 똑같이 내린다네." 노인이 말했다.

"세상에 나쁜 사람들이 많소."

"착한 사람들도 많아요."

"착하고 용기 있는 사람들은 별로 없지." 노인이 말했다. "세상엔 그런 사람들이 필요하네. 그런 사람들이 세상을 바꾸는 것이네."

"용기를 가지는 건 어려운 일이니까요."

세 사람이 이야기를 나누고 있는데 한 무리의 일행이 지나가다가 멈췄다. 앞에서 마차가 우리 같은 것을 끌고 있었는데 그 안에 사람이 있었다. 죄를 짓고 어디론가 끌려가는 것처럼 보였다. 돈키호테는 무슨 재밌는 일이라도 일어났다는 듯이 다가가서 물었다.

"무슨 일이오?"

"사형수를 끌고 가는 중입니다."

"무슨 짓을 저질렀길래 사형을 당한단 말이오?"

"사람을 죽였어요."

책임자는 그렇게 말하면서 사형수를 손으로 가리켰다. 사형수는 아무런 반응도 하지 않았다. 아니, 그는 우는 것처럼 보이기도 했다. 그는 소리 없이 울고 있었다. 무엇이 그를 살인자로 만들었을까. 노인이 사형수에게 다가갔다.

"그를 왜 죽였나?" 노인이 말했다.

"…"

"후회하나?"

"다 제 잘못이에요."

"자네는 낙원에 있을 것이네."

사형수는 울면서 말했다. 무슨 사연인지는 모르나 그는 진심으로 잘못을 뉘우치는 듯이 보였다.

"어떻게 사람이 사람을 죽일 수가 있죠?" 산티아고가 말했다.

"자네는 저 사람과 다른가?" 노인이 말했다.

"저는 사람을 죽이지 않아요."

"그렇게 생각하지 말게." 노인이 말했다. "인간은 누구나 악마가 될 수 있네."

"하느님 없이는 너무도 연약한 것이 인간이라오." 돈키호테가 말했다.

"살인자도 용서받을 수 있나요?"

"그렇네. 모든 죄는 용서받을 수 있어." 노인이 말했다. "멀리 갈수록 돌아오기 힘들 뿐이네."

"모든 죄를요⋯."

"어쩌면 신은 살인보다 살인하지 않았다는 거짓말을 더 싫어할지도 모르네." 노인이 말했다. "거짓말이 세상에서 가장 나쁘다는 것은 그런 뜻이야."

곧 비가 멈췄고 마차는 사형수를 끌고 길을 갔다.

세 사람도 말을 타고 해가 지는 쪽으로 움직였다. 푸른 들판이 점점 사라지더니 모래밖에 없는 황량한 사막이 나왔다. 사막에는 작은 모래 언덕이 잔뜩 있었고 바람이 불어 모래가 이리저리 휩쓸렸다. 그곳에도 생명은 있었다.

어느새 노을이 졌다. 붉은 노을은 사막에서도 아름다웠

다. 세 사람은 말에서 내려 무엇을 먹을지 상의했다. 그때 토끼 한 마리가 나타나자 돈키호테가 쫓아갔다. 그러나 토끼가 너무 빨라서 잡을 수가 없었다. 돈키호테와 산티아고가 포기하고 앉아있는데, 노인이 어디선가 다른 토끼 한 마리를 잡아 왔다. 산티아고는 곧바로 모닥불을 지피고 토끼를 구웠다. 토끼 고기는 닭고기와 비슷한 맛이었는데 더 부드러웠다.

"맛있네요." 산티아고가 말했다. "할아버지는 못하는 게 뭐예요?"

"내가 못하는 게 있을 것 같은가?"

"아뇨."

"모든 일이 끝나면 나를 찾아오게." 노인이 말했다. "마법을 알려주겠네."

"나도 마법을 배우고 싶소." 돈키호테가 말했다.

"하하. 그런가. 자네도 찾아오게." 노인이 말했다. "어떤 마법이 배우고 싶은가?"

"검에 마법을 불어넣어 줄 수 있겠소?."

"검을 가져오게."

돈키호테가 검을 가져왔다. 노인이 검에 대고 뭐라고 중얼거리니 검에서 하얀빛이 났다가 사라졌다. 돈키호테는 검을 가지고 가서 한두 번 휘두르더니 만족한 표정을 지었다.

"자네 것도 가져오게."

노인은 산티아고의 검에도 똑같이 주문을 외웠다. 이번에는 검에서 푸른빛이 나더니 곧 사라졌다.

"검에다가 뭘 하신 건가요?"

"진정한 용기를 가질 때 빛이 자네를 지켜줄 걸세."

해가 저물자 주변이 금방 어두워졌다. 산티아고는 모닥불을 끄지 않고 그대로 두었다. 모닥불이 타닥타닥 소리를 내면서 타올랐다. 밤하늘은 아름다운 별들로 반짝였다. 사막이라 그런지 별이 더 잘 보이는 것 같기도 했다. 돈키호테는 피곤하다며 먼저 잠들었다. 산티아고는 모닥불 옆에 팔베개하고 누워서 별을 바라봤다. 그 옆에 노인도 같이 누웠다.

"마법을 배우고 싶어요."

"어떤 마법을 배우고 싶은가?"

"꽃이요. 아름다운 꽃을 하나 선물하고 싶어요."

노인이 손을 이리저리 휘젓자 갑자기 손에 연분홍색 꽃한 송이가 나타났다.

"이렇게 말인가?"

"네. 그렇게요." 산티아고가 말했다. "모든 일이 끝나면 꽃을 선물할 거예요."

"누구에게 말인가?"

구름 위에는

"그녀에게요."

"그녀 생각이 많이 나나?"

"잊을 수 없는 순간들이 많아요." 그가 말했다. "제가 남자가 여자를 더 좋아해야 하는 게 맞는 것 같다고 했더니 그녀가 저보고 섹시스트라고 했어요. 그때는 아무 말도 하지 못했는데 그녀를 다시 만나면 말할 거예요. 남자가 여자를 더 사랑하는 게 섹시스트라면 그렇게 하겠다고. 나는 섹시스트라고."

"그녀의 어떤 점이 그렇게 좋았나?"

"못해도 된다는 말을 그녀에게 처음 들었어요. 그렇게 말하는 사람 처음 봤어요. 그녀와 대화할수록 그녀의 세상은 어떤지 더 궁금해졌어요. 그녀와 저의 세상이 합쳐지면 좋겠다고 생각했어요. 저의 운명이 그녀의 운명이 되었으면 하고 바랐어요. 그녀와 어린 시절 비슷한 아픔을 겪었어요." 그가 말했다. "아빠가 바람을 피워서 동생들을 지켜줘야 했던 일이 있는데 저는 그때 이불 속에 숨어있었어요. 그런데 그녀는 저와 달랐어요. 그녀는 동생을 지키기 위해 아빠와 싸웠어요. 그녀는 사랑하는 사람을 위해 대신 싸우는 그런 사람이었어요. 그녀는 제가 본 사람 중에, 아니 세상에서 가장 멋있는 사람이에요."

"자네가 그녀를 만났으면 좋겠군. 진심이네. 이 이야기의 끝이 어떨지 궁금하구만. 그녀를 다시 만나게 된다면 소식 전해주게."

"그럴게요."

두 사람은 잠시 아무 말 없이 하늘을 바라봤다. 하늘에는 별이 반짝였다. 어두운 밤하늘의 별은 어떤 상황에도 절대 사라지지 않는 희망 같았다.

"할아버지는 보고 싶은 사람 없어요?"

"나에게는 수많은 자녀가 있네." 노인이 말했다. "그들의 기쁨, 분노, 슬픔, 즐거움을 보는 게 나의 즐거움이네."

그때 별 하나가 긴 꼬리를 그리며 하늘에서 떨어졌다. 별은 순간의 아름다움을 그리며 사라졌다. 산티아고는 소원을 빌었다. 한 가지 소원을.

"어렸을 때 기도한 적이 있어요. 지혜를 달라고 기도했어요. '필로소피'라는 말이 왠지 멋있어 보였거든요."

"지혜를 사랑한다는 말만큼 철학을 잘 표현하는 것은 없지." 노인이 말했다. "그래서 지혜를 얻었나?"

"글쎄요. 소피아가 저에게 올지 아직은 잘 모르겠어요. 한 가지 언제나 변함없는 진실은," 그가 말했다. "제가 소피아를 사랑한다는 거예요."

"지혜를 진심으로 사랑한다면, 그리고 조심히 다가간다면 결국 지혜를 얻을 걸세."

"그날이 온다면, 저에게 그런 축복이, 그런 행운이 주어진다면…." 그가 말했다. "영원히 사랑할게요."

22

—

사막을 비추는 따사로운 햇살에 산티아고는 눈을 떴다. 사막의 모래는 침대처럼 아늑하고 부드러웠다. 산티아고는 정신이 들고도 이십 분 정도 멍하니 누워있다가 일어나서 모래를 털었다. 모닥불은 꺼진 채 흔적만 남았고 노인과 돈키호테는 어제 먹다 남은 토끼 고기를 먹고 있었다. 산티아고도 곁에 앉아서 토끼 고기를 먹었다.

"맥주가 필요해요."

"동감이오."

"자네들 술을 매일 마시는가?"

"술은 죄가 없소." 돈키호테가 말했다. "최후의 만찬에도

구름 위에는

술을 마시지 않았소? 술을 먹고 나쁜 짓을 하는 놈들이 문제라오."

"자네 말이 맞네." 노인이 말했다. "그래도 술에 중독되는 것은 문제라네. 술을 마시고 자신을 잃으면 안 되네."

"그러지는 않을게요."

노인이 어디선가 잔을 꺼내더니 잔에 맥주가 차올랐다. 노인이 먼저 맥주를 마시고 다음에 돈키호테가, 그다음에는 산티아고가 맥주를 마셨다.

"다른 건 몰라도 그 마법은 꼭 배우고 싶네요."

"지금이라도 알려줄 수 있네."

"정말요?" 산티아고가 말했다. "어떻게 하는 거죠?"

노인이 뭐라고 중얼거리며 잔의 마법을 푼 다음 산티아고에게 잔을 건넸다.

"먼저 거짓을 상상하게. 그리고 그것이 진실임을 믿게. 의심이 있어서는 안 되네." 노인이 말했다. "그것이 마법이라네."

산티아고는 정신을 집중해서 잔에서 맥주가 차오르는 상상을 했다. 그리고 마음속으로 주문을 외웠다. 그러나 그런 일은 일어나지 않았다.

"쉽지 않네요."

"내가 한번 해보겠소."

이번에는 돈키호테가 잔을 들고 노려봤다. 그가 잔을 노려보며 무슨 상상을 했는지는 알 수 없지만 아무 일도 일어나지 않았다. 노인은 웃었다.

"노려본다고 되는 것이 아니라네."

"의심을 어떻게 없애죠?"

"그것이 핵심이네. 잘 생각해 보게. 믿음이 있다면 산을 옮길 수도 있다네."

"어렵소."

"쉽다면 아무나 마법사를 하지 않겠나? 아무나 마법사가 될 수는 없을 것이네."

"마법사가 되고 싶어요."

"자네는 언젠가 될 것이네. 재능이 있어. 돈키호테, 자네는 기사가 너무 잘 어울리네." 노인이 말했다. "모든 사람이 마법사가 될 필요는 없어."

"마법사가 되면 아무 마법이나 쓸 수 있나요?"

"그렇지 않네. 마법에도 맥락이 있어야 하지 않겠나. 그래야 재밌지 않은가. 우리는 어린아이가 돼야 하네. 마법에는 아이 같은 상상력과 믿음이 필요해." 노인이 말했다. "어린 시절 우리는 모두 생각하는 인간이었네."

"뭔가 알듯 말듯 잘 모르겠어요."

"예를 들면 이런 것이네."

구름 위에는

노인이 손을 한 번 튕기자 갑자기 구름이 모여 하늘이 어두워지더니 자주색 비가 내렸다. 그냥 비가 아니었다. 비에서는 술 냄새가 났다. 산티아고는 신기해하면서 혀를 내밀어 맛을 봤다. 와인이었다. 돈키호테도 옆에서 혀를 내밀며 아이처럼 즐거워했다. 산티아고는 비를 맞아 옷이 젖는데도 기분이 좋았다.

"재밌지 않은가? 마법사는 사람들을 즐겁게 해주어야 한다네."

"천국에서는 이런 비가 내릴 것 같소."

"그곳에는 사람들을 즐겁게 해주는 마법사가 여럿 있네. 그리고 그것을 즐기는 자도 많아. 그곳은 웃음소리가 가득하다네." 노인이 말했다. "천국은 그런 곳이네."

"그곳에 가고 싶네요."

노인은 웃었다. 노인이 한 번 더 손을 튕기자 비가 멈췄다. 다시 구름 사이로 눈부신 햇살이 내려왔다. 세 사람 옷에서 와인 냄새가 났다. 산티아고는 옷이 조금 끈적거리기는 했지만 좋은 냄새가 나서 괜찮다고 생각했다.

"모든 일이 끝나면 하늘에서 다시 만날 것이네."

"이 순간이 지나면 그냥…. 낮잠이나 자고 싶어요."

세 사람은 자리에서 일어나 말을 타고 다시 서쪽으로 향했다. 가는 길에 드문드문 선인장과 이름 모를 잡초가 보였다. 사막에서 자라난 생명은 그게 무엇이든 강인해 보였다. 사막의 삭막함이 그것들을 강하게 했다. 사막은 그런 곳이었다.

짜증 나는 사막의 열기에 세 사람은 갈수록 말을 잃었다. 더위에 지쳐 목이 마를 즈음 저 앞에 오아시스가 보였다. 오아시스는 야자나무와 무성한 풀로 가득했다. 황량한 사막과 어울리지 않는 곳이었다. 가까이 가보니 대여섯 명의 사람들이 앉아서 이야기를 나누고 있었는데 한눈에 봐도 그들도 지쳐 보였다. 세 사람은 말에서 내려 물을 마시고 말도 목을 축이게 했다. 그들 중 한 남자가 노인에게 다가왔다.

"덥죠?" 남자가 말했다.

"사막은 봄에도 덥구만." 노인이 말했다.

"어디를 가시나요?"

"사카르트벨로라고 아는가? 우리는 그곳으로 가고 있네."

"소문을 못 들으셨나 보네요."

"무슨 소문 말인가?"

"거긴 원인을 알 수 없는 전염병이 돌고 있어요."

"알고 있네."

"심각함을 모르시나 봐요. 거긴 지금 지옥이에요. 사람이 살 데가 아니에요." 남자가 말했다. "그곳에서 왔거든요."

"아마 더 죽을 거예요." 옆에 있던 다른 남자가 말했다. "사람 죽는 걸 본 적 있으신가요? 제가 알던 사람도 며칠간 시름시름 앓다가 피를 토하고 죽었어요. 별로 친한 사람은 아니었지만."

"우리는 용을 무찌르러 가는 길이요." 돈키호테가 말했다. "그 어떤 시련도 우리 앞길을 막을 수 없을 것이오."

남자는 뒤돌아보며 일행에게 뭐라 말하더니 다시 노인에게 말을 걸었다.

"정말인가요?"

"그렇네." 노인이 말했다.

"트빌리시에서 온 몇 사람이 그렇게 말하는 걸 보긴 했어요." 남자가 말했다. "용이 나타날 거라고."

"그놈들은 미친놈들이었어. 그 말을 믿는 거야?" 다른 남자가 말했다.

"여기서도 용 이야기를 들으니까 뭔가 신빙성이 느껴지는데."

"나는 그런 말도 안 되는 이야기는 눈으로 직접 보기 전까지는 못 믿어."

"그 사람들은 세상이 끝났다고도 했어."

"그거 봐. 미친놈들이었다니까."

"이야기가 끝나가고 있네." 노인이 말했다. "그동안 양치기 소년 같은 사람들이 많이 나타나 거짓말을 해와서 믿기 힘들겠지만, 이번에는 진실로 그렇다네."

"용이 있든 없든 저희랑은 상관없는 이야기예요. 우리는 어차피 이곳을 떠나는 중이거든요."

"세상 그 어디에도 숨을 곳은 없을 것이네." 노인이 말했다. "모든 사람은 죽음과 영원한 생명에서 선택의 순간이 올 거야. 생명과 죽음은 반대로 보일 것이네."

"무서운 소리를 하시는군요."

"진실은 때로는 무서운 법이네." 노인이 말했다. "무섭다고 진실을 외면할 텐가?"

"무엇이 진실인지는 아무도 몰라요."

"이 책에 진실이 쓰여있소." 돈키호테가 노인이 들고 있는 책을 가리키며 말했다.

"그 책을 믿는다니 더 이상 할 말이 없군요. 모두 허무맹랑한 이야기뿐이에요."

"허무맹랑하다니? 말조심하시오." 돈키호테의 눈썹이 꿈틀거렸다.

"저는 그 책을 믿지 않아요." 남자가 말했다. "이성을 믿거든요."

"이성적인 사람은 이성을 믿지 않네."

"무슨 소리죠?"

"이성적인 사람은 이성이 완벽하지 않다는 것을 알고 있어."

"…이성이 완벽하지 않다면 뭐가 완벽하죠? 이성을 믿지 않으면 대체 무엇을 믿어야 하죠?"

노인은 고개를 들더니 하늘을 바라봤다. 구름 사이로 맑은 햇살이 내려오고 있었다. 하얀빛이기도 하고 노란빛이기도 했다. 남자도 노인을 따라서 하늘을 봤다.

"거기 뭐가 있나요?" 남자가 말했다.

"보고도 모르겠나?"

"구름밖에 없는데요."

"아름답지 않은가?"

"멋있긴 하네요."

"자네 혹시 어디 가고 싶은 곳 있나?"

"갑자기 그건 왜 물어보시는 거죠?"

"그냥 궁금하네."

"지금은 전염병이 없는 곳이요. 뭐, 용이나 그런 것도 없고." 남자가 말했다. "평화로운 곳으로 가고 싶네요."

"하하. 그런가." 노인이 말했다. "자네가 가고 싶은 곳, 그곳은 이 땅 위에 있지 않네. 그곳은 언제나 구름 위에 있어. 우리는 구름 위에 있는 빛으로 가득한 것을 믿어야 하네."

"어렵군요."

"어렵지."

23

—

მაგრამ, მაინც

그들은 세 사람에게 행운을 빌어주고는 짐을 챙기더니
어디에도 없는 낙원을 향해 떠났다. 산티아고는 야자나무
가 드리운 그늘 아래에 앉았다. 사막의 바람은 따듯했다.
모래 냄새가 났다. 돈키호테는 로시난테를 쓰다듬어 주고
있었다. 로시난테는 기분 좋은 소리를 냈고 다른 말들도 로
시난테를 따라서 히이잉거렸다.

산티아고가 야자나무 밑에 누워 멍하니 구름을 보고 있
는데 어디선가 쿵쿵거리는 소리가 들려왔다. 지평선에서
모래 먼지 바람을 일으키며 말을 타고 오는 사람들이 보였
다. 열댓 명 정도는 되어 보였다. 그들은 검은색, 갈색 두건

으로 얼굴을 가렸고 모두 허리춤에 칼을 차고 있었다. 돈키호테는 칼을 집고 일어나서 그들을 바라봤다. 산티아고도 혹시 있을지 모르는 싸움을 준비했다. 반면에 노인은 편안한 얼굴로 오아시스 물을 마셨다. 그들은 점점 더 박차를 가하며 세 사람에게 다가왔다.

"살고 싶다면 무기를 내려놓아라!"

말을 탄 무리의 대장으로 보이는 남자가 말했다. 돈키호테가 검을 뽑으려는 순간 노인이 손으로 막았다.

"칼을 집어넣게." 노인이 말했다. "내가 처리하겠네."

돈키호테는 노인의 말을 믿고 검을 집어넣었다. 그러자 이번에는 남자가 검을 내놓으라고 했다. 돈키호테가 망설이자 노인은 눈짓으로 검을 그에게 주라고 했다. 돈키호테와 산티아고는 검을 그들에게 주었다. 그러자 그들은 안심한 듯했다.

그들은 세 사람의 손을 묶고 죄인처럼 끌고 갔다. 그들은 산티아고를 두고 젊은 남자라 가격이 꽤 나갈 것이라 했고, 노인과 돈키호테는 어떻게 처리할지 마치 셋이 없는 사람인 마냥 소리가 다 들리도록 말했다. 노인은 휘파람을 불며 걸었고, 돈키호테는 점점 얼굴이 벌게졌다.

"자네들 우리를 어디로 데려갈 셈인가?" 노인이 말했다.

"궁금한가?" 남자가 말했다.

"어디로 가는지 궁금하지 않은 사람이 있겠나?"

"너는 늙어서 별 쓸모가 없을 것 같군."

"자네 말이 심하구만."

"죽고 싶나?"

남자가 노인의 목에 칼을 들이밀었다. 노인의 눈에는 여유로움이 넘쳐났다. 두려워하는 쪽은 오히려 칼을 든 남자 쪽이었다. 남자는 식은땀을 흘렸다.

"죽기 싫네만."

"입 다물어!"

"사실 죽고 싶을지도 모르네."

"이 미친놈아! 입 다물지 못해?"

"입 다물면 손 좀 풀어주겠나? 답답하네."

"이 미친 새끼."

"나는 아무것도 가지지 않은 늙은이라네." 노인이 말했다. "뭐가 두려운가?"

노인은 껄껄대며 웃었다. 남자는 화가 끝까지 치밀었으나 알 수 없는 두려움에 노인을 해치지 못했다. 간신히 화를 억누르며 노인을 노려보는데, 갑자기 노인이 기침하기 시작했다. 끈으로 묶인 두 손으로 입을 막고 쿨럭거렸다. 기침은 점점 심해졌다. 산티아고가 노인에게 다가갔다.

"할아버지 괜찮으세요? 할아버지?"

"자비노여, 갑자기 왜 그러시오!"

쿨럭거리는 소리가 계속 심해지던 노인이 한 손으로 입을 막았다. 급기야 노인은 피를 토하고 쓰러졌다.

"할아버지! 할아버지!"

산티아고가 묶인 두 손으로 노인의 가슴 부위를 만졌는데 맥박이 뛰지 않았다. 노인은 숨을 쉬지 않았다.

"이 미친 자들아! 덤벼라! 네놈들은 건드리지 말아야 할 것을 건드렸느니라! 네놈들은 선을 넘었느니라!" 돈키호테가 손이 묶인 채로 소리쳤다. "덤벼라! 이 악마 같은 자들아!"

대장은 눈이 휘둥그레지더니 말을 몰아 노인에게서 멀리 떨어졌다. 부하들도 돈키호테와 산티아고의 검을 더러운 물건이라도 되는 것처럼 바닥에 내팽개치고 말에 올라탔다. 그러고는 뒤도 돌아보지 않고 부리나케 도망쳤다. 모래 먼지가 일어났다. 말발굽 소리가 점점 멀어졌다.

"할아버지! 눈 좀 떠보세요!"

노인은 누워서 미동도 하지 않았다. 노인의 손과 입가에는 피가 흥건했다. 너무 갑작스러운 상황에 산티아고는 어쩔 줄을 몰랐다.

"우리 같은 늙은이는 하느님이 언제든 데려갈 수 있다오." 돈키호테가 말했다.

"이건 너무 하잖아요! 신은 왜 소중한 사람을 데려가기만

하는 거죠?" 산티아고가 말했다. "그것도 이렇게 갑자기…."

"갑자기랄 게 어디 있겠소." 돈키호테가 말했다. "죽음은 대부분 갑자기 찾아오오. 죽음을 준비할 시간을 가진 자들이 운이 좋은 것이오."

"이렇게 갑자기…."

산티아고의 눈에 눈물이 고였다. 주먹을 불끈 쥐었다. 돈키호테는 그들이 버리고 간 검으로 두 손을 묶은 밧줄을 푼 뒤 산티아고의 밧줄도 풀어주었다.

"저들을 용서할 수 없어요."

"나도 마찬가지요."

"절대."

"용보다는 먼저 저들에게 복수해야겠소." 돈키호테가 말했다. "아직 멀리 가지는 못했을 것이오."

"그렇다고 할아버지를 이런 곳에 놓고 갈 수는 없어요. 동물들이 뜯어 먹을지도 몰라요."

"그 말이 맞소."

두 사람은 분노와 슬픔 사이에서 고민했다. 쉽게 결정을 내릴 수 없었다. 할 수 있는 것은 고작 두 주먹을 쥐고 우는 것뿐이었다. 산티아고는 아무것도 할 수 없는 자신이 한심했다. 걷잡을 수 없는 화가 눈물로 새어 나왔다. 그리고 노인의 얼굴에 닿았다.

"응? 이게 뭔가?" 노인이 말했다.

"할아버지?"

"자비노여!"

"왜 울고 있나?"

"할아버지가 어떻게 된 줄 알고…."

"내 연기가 어땠나? 괜찮았나?" 노인이 말했다. "미친놈 같았나?"

"하…. 정말 못 말리겠네요." 산티아고가 말했다. "죽은 줄 알았잖아요!"

"굳이 피를 볼 필요는 없지 않은가."

"피? 여기 있는 건 피가 아닌가요?" 산티아고가 노인이 토한 피를 가리키며 물었다.

"아, 이거 말인가? 한번 먹어보게."

"네?"

"와인이네."

노인이 껄껄 웃으며 손가락에 묻은 와인을 빨았다.

"하…. 정말. 미친놈 같아요." 산티아고는 그제야 웃었다.

"이렇게 속임수를 써도 되는 것이오?"

"돈키호테, 자네 같은 기독교인에게는 유머가 필요하네." 노인이 말했다. "융통성이 부족한 것이 자네의 문제라네."

"거짓말이 세상에서 가장 나쁘다고 하시지 않았나요?"

"이런 거짓말은 괜찮다네."

"나쁜 놈들에게는 거짓말을 해도 되는 건가요?"

"자신에게 솔직하다면 거짓말도 괜찮아. 내가 지금 자네에게 떳떳하게 말하고 있지 않나. 거짓을 말하는 것은 옳지 않으나 거짓말은 해도 된다네." 노인이 말했다. "그들은 밥 먹듯이 거짓말을 하는데 우리가 거짓말을 하지 않고서 어떻게 그들을 이기겠나. 그러기엔 너무 불공평한 게임이 아닌가."

"기사는 거짓말을 하지 않소." 돈키호테가 말했다. "뱀 같은 짓이오."

"우리는 뱀같이 지혜롭고 비둘기같이 순결해야 하네."

"그게 가능하오?"

"가능하네. 그러나 내키지 않는다면 자네 소신을 따르게."

"알겠소. 나는 나의 길을 가겠소."

세 사람은 와인을 마시고 맘껏 취하며 해가 지는 방향으로 걸어갔다.

24

———

კვლავ

세 사람은 술에 잔뜩 취해 비틀거리며 사막을 걸었다. 주인이 비틀거리자 말들도 비틀거렸다. 돈키호테가 돌부리에 걸려 넘어졌다. 로시난테가 다가가서 돈키호테의 얼굴을 핥았다. 돈키호테가 웃었다. 노인이 껄껄댔다. 말들도 술에 취한 것처럼 히이잉거렸다. 산티아고는 웃다가 모랫바닥에 드러누웠다. 구름 사이로 흐릿하게 별이 보였다. 모래는 포근한 이불 같았다. 산티아고는 오른손으로 모래를 한 줌 쥐었는데 모래가 손가락 사이로 스르르 흘러내렸다. 멈추지 않는 시간처럼. 정신이 아늑해졌다. 의식이 점점 흐릿해졌다.

그는 감은 두 눈을 떴다. 따듯한 햇살이 얼굴로 쏟아졌다. 눈부셨다. 그는 몇 분인지 모를 시간 동안 햇살을 즐기다가 주섬주섬 일어났다. 주변을 둘러보니 나무들 사이로 연분홍색 꽃밭이 있었다. 그 위에는 연분홍색 나비 두 쌍이 팔랑거리며 날아다녔다. 그 날갯짓처럼 평화로운 바람이 산티아고의 얼굴을 스치고 지나갔다. 그는 꽃길을 따라 앞으로 걸어갔다. 숨을 크게 들이마셨다. 향긋한 냄새가 났다. 그는 꽃에 조심스럽게 다가갔다. 그리고 사랑스럽게 어루만졌다. 부드러웠다. 꽃 한 송이를 꺾어 오른손으로 감싸 쥐었다. 그리고 다시 걸었다.

저 멀리에 많은 사람이 모여있었다. 산티아고도 그쪽으로 천천히 걸어갔다. 그녀가 있었다. 그녀는 아름다운 여자들 사이에 둘러싸여 있었다. 여자들은 환한 얼굴로 그녀를 축복했다. 그녀는 웃고 있었다. 바보처럼 웃고 있었다. 그녀의 얼굴 말고는 모든 것이 흐릿하게 보였다. 아름다웠다.

이곳은 어디일까. 그는 생각했다. 어딜 향해 가는 걸까. 너를 향해 가고 있는 걸까. 아마 나보다 슬픈 사람은 세상에 없었을 거야. 있더라도 별로 없었을 것 같아. 나 정말 많이 울었어. 더 이상 눈물이 흐르지 않을 만큼. 그렇게 많이 울었어. 너를 미워하고 싶었는데 미워할 수도 없었어. 그런데 그렇게 많이 울었는데도, 눈물이 마를 만큼 울었는데도, 이 길의 끝에 네가 없다면 또 울 것 같아. 눈물이 날 것

구름 위에는

같아. 울다가 눈물을 내 손으로 닦겠지. 그러다가 네가 생각나면 웃겠지. 웃다가 가끔 네가 생각나면 또 울겠지. 미쳤나 봐. 아무래도 미친 것 같아. 이런 게 정신병자라면 정신병자도 할만하다는 생각이 들어. 이제 두렵지 않아. 네가 웃는 것도 우는 것도 나에게 용기를 줘. 절대 포기하지 않을 거야. 쓰러져도 다시 일어설 거야. 고마워. 울고 있던 나를 구해줘서. 이제야 내가 원하던 내가 된 것 같아. 어린 시절로 돌아간 것 같아. 모든 것이 기억나. 고마워.

그가 그녀에게 다가갔다. 그녀는 미소를 지으며 그 자리에 가만히 서있었다. 그는 꿈에서 깼다.

산티아고가 눈을 뜨자 노인이 혼자서 와인을 마시고 있었다. 캄캄한 밤이었고 조용했다. 끝없는 모래와 어둠 말고는 아무것도 없었다. 돈키호테는 어딜 갔는지 보이지 않았다. 산티아고는 노인과 마주 앉았다.

한잔하겠나?

좋아요.

기분 좋은 꿈을 꿨나?

그녀가 있었어요.

그런가?

그녀가 웃고 있었어요.

하하.

하얀 드레스를 입고 있었어요.

그렇구만.

이제 무섭지 않아요.

그 무엇도?

그 무엇도.

노인은 미소 지었다. 노인이 잔을 들었다. 둘은 잔을 한 번 살짝 부딪치고는 와인을 마셨다. 차가운 것이 그의 목구멍을 타고 내려갔다. 몇 모금에 벌써 어지러웠다.

별다른 뜻은 없어요. 그녀가 나를 구해줬으니까 나도 그녀를 구하는 것뿐이에요. 그가 말했다. 그녀가 영원히 빛에 있기를 바라요.

노인은 알 수 없는 미소를 지었다. 그리고 잔을 내려놓자 갑자기 노인의 몸에서 빛이 나더니 점점 거대해졌다. 어둠이 사라졌다. 아플 정도로 눈부셨다. 산티아고는 손으로 눈을 가렸다. 그러나 빛은 가려지지 않고 새어 나왔다. 정신이 흐릿해졌다. 그는 또다시 꿈에서 깼다. 다시 눈을 떴을 때 노인은 보이지 않았다.

25

—

შენთან შეხვედრა მსურს

산티아고가 다시 눈을 떴을 때, 날은 밝았고 노인은 보이지 않았다. 노인이 타고 다니던 말도 마찬가지였다. 푸른 햇살만 그를 비추고 있었다. 기억이 흐릿했다. 전갈 한 마리가 다리 밑으로 스르륵 지나갔다. 전갈은 돈키호테가 어루만지고 있는 로시난테 밑을 지나 모래 속으로 파고들었다.

"할아버지 어디로 갔는지 아세요?"

"모르겠소. 내가 일어났을 때 이미 없었소."

"이렇게 아무 말도 없이 사라져도 되는 건가요."

"원래 마법사들이란 그렇다오." 돈키호테가 대수롭지 않은 듯 말했다. "갑자기 나타났을 때처럼 갑자기 사라지지."

"너무해요."

"뭐, 어쩌겠소. 우리끼리라도 남은 길을 가야 하지 않겠소? 사람들 앞에서 맹세하지 않았소? 용을 무찌르겠다고."

"남은 길…. 가야죠." 그가 말했다. "얼마나 남았을까요?"

"오직 하느님만이 아실 것이오."

산티아고는 다시 모래 위에 누웠다. 그는 멍하니 하늘을 바라봤다. 하얀 새 한 마리가 구름 아래로 지나갔다. 모래는 따듯했다. 그는 한동안 가만히 누워있었다. 그러나 아무리 기다려도 노인은 오지 않았다.

"정말 우리를 놓고 떠났나 봐요."

그는 모래를 가볍게 털고 일어났다.

"준비됐소?" 돈키호테가 말했다. "모험이 우릴 기다린다오."

돈키호테의 눈이 아이처럼 반짝였다. 그의 얼굴에는 두려움이 전혀 없었다.

"용이 무섭지 않으세요?"

"나는 느낄 수 있소. 내 영혼의 주인인 둘시네아 델 토보소 님이 나를 지켜주고 있소." 돈키호테가 말했다. "설령 용과 싸우다 죽더라도 기사에게 그보다 큰 영광이 어디 있겠소? 하느님이 허락하신다면 기사로 죽을 것이오."

"저도 그래요." 그가 말했다. "그녀를 생각하면 무섭지 않아요."

두 명의 기사는 말에 올라타 해가 지는 방향으로 몰고 갔다. 햇살은 기분 좋게 따스하다가 얼마 지나지 않아 사막을 뜨겁게 달궜다. 두 기사의 등줄기를 타고 땀이 흘러내렸다. 태양의 뜨거운 열기에 두 사람은 슬슬 지쳐갔다.

"시원한 맥주가 필요해요."

"자비노가 센스가 부족했소. 잔을 남겨두고 가면 좋았을 것을."

"그러게 말이에요. 너무했어요."

태양은 서쪽으로 기울었고 두 사람은 멈추지 않았다. 태양이 닿은 지평선에 노을이 지며 구름을 붉게 물들였다. 어느새 둘은 사막 끝에 다다랐다. 그곳에 나무 한 그루가 서 있었다. 나무는 크지도 작지도 않았고 푸른 잎이 많지도 적지도 않았다. 나무를 기점으로 지나온 곳은 사막이었지만 앞에는 푸른 풀밭이 끝없이 펼쳐졌다. 사막에 서서 볼 때 나무는 영원한 생명의 시작을 의미하는 것처럼 보였다. 태양은 나뭇가지 사이에 걸려 노랗게 타오르고 있었다. 두 사람은 나무에 다가갔다.

"모든 것에 생명을 주지만 모든 것에 죽음을 주는 것도 태양이오."

"죽음과 생명은 친구인가 봐요. 늘 같이 다녀요."

"세상이 그렇다오."

"우리는 죽음을 향해 가는 걸까요? 생명을 향해 가는 걸까요?"

"나는 나에게 주어진 길을 갈 뿐이오."

"주어진 길이요?"

"모든 악을 쳐부수는 기사의 사명 말이오." 돈키호테가 말했다. "모든 일이 끝나면 영원한 빛이 우릴 기다릴 것이라 믿소."

산티아고는 나무를 어루만졌다. 딱딱한 감촉이 느껴졌다. 푸른 잎사귀 하나가 팔랑거리며 떨어졌다. 그가 손을 내밀자 잎사귀는 손바닥을 살짝 스쳐 지나갔다. 그는 지그시 손을 쥐어보았다.

"여기서 좀 쉬었다 가요."

"좋소."

산티아고는 나무 아래 풀밭에 앉았다. 하늘은 아직 노을 빛이었다. 태양은 지평선 아래로 모습을 감추고 있었다. 곧 어둠이 찾아올 것만 같았다. 어둠이 오기 전 태양의 마지막 모습은 아름다웠다. 산티아고는 팔베개하고 누워서 태양이 사라지는 걸 지켜봤다. 옆에는 돈키호테가 같이 앉았다.

"아름다워요." 산티아고가 말했다.

"인간이 아름다움을 느끼는 것은 신의 축복이오."

"아름다운 것들은 왜 아름다울까요?"

구름 위에는

"난들 알겠소? 나중에 하느님을 만나면 물어보시오."

"물어보고 싶은 것이 많아요."

"뭐가 궁금하오?"

"그냥…. 모든 것이요."

이내 빛은 사라지고 얇은 어둠이 내려앉았다. 두 사람은 자리에서 일어나 해가 사라진 방향으로 걸어갔다.

26

—

შენთან ერთად გატარებული

두 기사는 사막을 뒤로하고 초원으로 나아갔다. 아직 초저녁이라 날씨는 선선했다. 풀밭 사이로 난 길을 따라가자 작은 언덕이 나왔다. 둘은 말없이 길을 걸었다.

오래된 집이 하나둘씩 보였다. 그러나 사람은 보이지 않았다. 집 안에는 불이 켜져있지 않았고 인기척도 느껴지지 않았다. 돈키호테가 어느 집에 가서 문을 두드렸는데 역시나 대답이 없었다. 모두 집을 버리고 어디론가 떠난 것 같았다. 사막보다 더 적막한 마을이었다.

"사람이 있어야 할 곳에 사람이 없으니 황량하오."

"모두 어디로 갔을까요?"

아무리 걸어가도 길거리에 사람은 보이지 않았다. 그러나 죽은 사람은 많았다. 시체 옆에는 피를 토한 흔적이 보였다. 산티아고는 시체를 처음 봤지만, 속이 울렁거리지는 않았다.

시체는 한 구가 아니었다. 길거리에는 죽음을 피하지 못한 사람들이 여럿 있었다. 남자도, 여자도, 늙은 사람도, 젊은 사람도 죽음은 공평하게 찾아왔다. 거리에는 시체 썩는 냄새가 진동했다.

"아무래도 우리가 지옥에 온 것 같소."

곧 작은 공원이 나왔는데 벤치 옆에서 뭔가 움직이는 것 같았다. 가까이 가보니 검은 들개 두 마리가 젊은 남자의 시체를 뜯어먹고 있었다.

"저리 가거라. 이놈들아!"

돈키호테가 검을 몇 번 휘두르자 들개들이 짖으면서 멀리 도망갔다. 누군가의 남편이었을지도 모르는 시체는 심하게 훼손되어 있었다. 남자는 두 눈을 뜨고 죽은 모습이었다. 산티아고는 남자의 눈을 감겨주었다.

"정말 지옥이네요."

시내에 들어서자 마침내 산 사람들이 보였다. 돈키호테는 어딜 가도 눈에 띄는 복장이라 사람들이 신기한 눈으로 쳐다봤다. 그 탓에 옆에 있는 산티아고도 사람들의 시선을 피할 수는 없었다. 두 사람은 시내 한가운데에 있는 객줏집에 들어갔다.

객줏집 안에 들어서자 말하는 법을 배운 지 얼마 안 되어 보이는 여자아이가 배시시 웃으며 두 사람을 반겨주었다. 아이는 두 손을 공손하게 모아 인사했다. 두 사람도 아이에게 인사를 했다. 아이는 돈키호테의 갑옷을 보고 멋있다며 환하게 웃었다. 천사 같은 아이의 웃음은 지옥 같은 곳에 어울리지 않았다. 아이는 혼자 다른 세상에 살고 있었다.

아이의 장난을 받아주면서 놀고 있으니 30대 후반으로 보이는 뚱뚱한 곱슬머리의 남자가 목발을 짚고 나왔다. 그는 오른쪽 다리가 무릎까지 없었다.

"세상이 끝나려는데 손님이 왔군요." 남자가 말했다.

"죽더라도 뭐를 좀 먹고 죽어야 하지 않겠소?" 돈키호테가 말했다.

"맞는 말입니다. 하하."

뚱뚱한 남자는 시종일관 유쾌한 미소를 잃지 않으며 자리를 안내했다. 그리고 조금 뒤에 따뜻한 수프와 감자를 몇 개 가져왔다. 그는 자기도 아직 저녁을 먹지 않았다면서 아이를 산티아고 옆에 앉히고 그도 돈키호테 옆자리에 앉았다.

"죄송하네요. 이것밖에 없어서. 요즘엔 음식을 구하기가 어려워서요."

"아뇨. 너무 감사한걸요." 산티아고가 말했다. "수프도 맛있네요."

"거리에 사람들이 죽어있던데 무슨 일이 있는 것이오?"

"이곳 사람이 아니군요."

"멀리에서 왔소."

"일 년쯤 전부터 원인을 알 수 없는 전염병이 돌고 있어요."

"사람이 거의 보이지 않았소."

"모두 죽거나 이곳을 떠났죠." 남자가 말했다. "저는 다리가 이 모양이라 어디 멀리 갈 수도 없네요."

남자는 쓴웃음을 지어 보이며 없는 다리를 보여주었다.

"두 분은 어쩌다 이런 곳에 오셨나요?"

"우리는 용을 무찌르러 왔소."

"기사의 맹세를 했거든요."

"용이요?" 남자가 말했다. "정말인가요?"

"그렇소."

그는 잠시 머뭇거리더니 말을 이었다.

"이곳에는 오래된 전설이 있어요. 알만한 사람은 다 알고 있죠."

"그것이 무엇이오?"

"마지막 때에 용이 나타나 세상을 구한다는 이야기예요." 남자가 말했다. "물론 믿지 않는 사람들이 대부분이지만 요즘 같은 세상을 보면 전설을 믿고 싶어지네요."

"그거 이상하군." 돈키호테가 말했다. "세상에 착한 용도 있단 말이오?"

"제가 듣기로는 그래요."

"전설에 대해 더 자세히 알고 싶어요." 산티아고가 눈을 빛내며 말했다.

"음, 그렇다면…. 이스트라 공주님을 찾아가세요. 그분은 잘 아실 거예요."

"공주님이요?"

"젊은 시절에 왕궁에서 공주님을 위해 일했거든요."

"그랬군요."

"공주님은 이야기를 믿는 분이에요." 남자가 말했다. "전설에 대해 알고 싶다고 하면 아마 만나주실 거예요."

"공주님을 만나려면 어디로 가야 하죠?"

"트빌리시에 있어요."

"트빌리시?"

"여기서 그리 멀지 않아요. 서쪽으로 조금만 가면 돼요."

"아바, 다 먹어써." 아이가 말했다.

아이는 수프를 다 먹고 돈키호테 옆에 와서 천진난만하게 웃었다. 할아버지가 좋다며 약간 알아들을 수 없는 소리를 하면서 돈키호테의 수염을 만지며 장난쳤다. 그런 아이

구름 위에는

를 돈키호테는 안아주었다. 산티아고가 아이의 얼굴을 살짝 꼬집자 아이는 까르르 웃었다.

"사랑스럽소." 돈키호테가 말했다.

"이 아이가 제가 살아가는 이유인걸요."

"아이가 웃는 모습을 보면 세상을 좋은 곳으로 만들고 싶어져요."

"그것이 기사의 의무가 아니겠소."

"오늘은 늦었으니 여기서 자고 가시죠?"

"그러겠소."

27

—

ყოველი ღდე

아침 햇살이 창문 틈을 비집고 들어왔다. 유유히 떠다니는 먼지가 보였다. 산티아고는 식탁에 혼자 앉아서 어제 먹다 남은 감자를 소금에 찍어 먹었다. 감자가 퍽퍽해서 물도 같이 마셨다. 곧 돈키호테가 식탁에 와서 산티아고 앞에 마주 앉았다.

"잠은 잘 잤소?"

"오랜만에 집 안에서 자니까 좋네요." 그가 말했다. "누구나 쉴 곳이 필요해요."

"어쩐 일로 일찍 일어났소?"

돈키호테가 조그만 감자를 하나 집었다. 그리고 껍질을

벗긴 뒤 반쯤 베어 먹었다.

"몰라요. 눈이 저절로 떠졌어요."

"상쾌한 아침이오. 그렇지 않소?"

"네. 아늑한 아침이에요."

감자를 먹고 있는데 객줏집 주인이 문을 열고 들어왔다. 남자는 커다란 냄비에 불을 지폈다. 곧 고소한 수프 냄새가 났다.

"두 분 일찍 일어나셨군요."

"세상이 끝나가는데 기사 된 자로서 늦잠이나 자야 되겠소?"

"자, 여기 수프가 나왔습니다."

"감사해요."

남자는 주방에서 나가더니 아이를 데리고 왔다. 아이는 한 손으로 졸린 눈을 비비며 식탁에 앉았다. 그리고 꾸벅꾸벅 졸다가 수프를 한 입 먹고 또다시 졸기를 반복하며 겨우 다 먹었다. 여전히 아이는 눈이 반쯤 감겨있었다.

"아바, 나 잘래." 아이가 말했다.

"안 돼. 일어날 시간이야."

남자는 아이를 데리고 나가서 세수시켰다. 다시 돌아온 아이의 얼굴에 물기가 촉촉했다. 안 그래도 맑은 피부가 더욱 맑아졌다. 그제야 아이는 눈을 떴다.

그사이 돈키호테와 산티아고도 수프를 다 먹었다. 씻고 얼마 되지 않는 짐도 챙겼다. 두 사람이 객줏집을 떠나려는 데 주인이 아이와 함께 배웅 나왔다.

"벌써 떠나신다니 아쉽군요." 남자가 말했다.

"세상을 구하겠소."

"두 분을 위해 기도하고 있겠습니다."

"신을 믿나요?"

"신은 믿지 않지만, 해피엔딩은 믿죠. 하하."

남자는 아이와 함께 손을 흔들었다. 산티아고와 돈키호 테는 두 부녀의 응원을 받으며 객줏집에서 점점 멀어졌다.

한낮이었다. 시내에는 사람들이 조금 보였다. 시체도 보였다. 세상에 남은 사람들은 일상을 살아갔다. 아픔을 이겨내고 살아가는 사람들의 얼굴이 보였다. 산티아고는 문득 자신의 얼굴에도 아픔이 있는지 궁금해졌다. 그들에게도 나의 아픔이 보일까? 아니, 보이지 않았으면 좋겠어.

지옥 같은 곳에도 햇살은 눈부셨다. 살랑거리는 바람이 불었다. 평화로운 지옥이었다.

두 사람은 말을 타고 작은 공원을 지나갔다. 나무 아래 벤치에는 키스하고 있는 한 쌍이 있었다. 그들은 산티아고의 시선은 아랑곳하지 않고 둘만의 공간에서 사랑을 나눴다. 죽음을 마주하는 곳에서도 사랑은 피어났다. 사랑은 그런 것이었다.

이윽고 두 연인은 갑옷을 입은 돈키호테를 보더니 신기해했다. 그들은 장난스레 어딜 가냐고 물었다.

"트빌리시로 가고 있소."

"그곳에는 왜요?"

"세상을 구하러 가는 길이오."

"하하. 재밌는 분이시네요." 남자가 말했다.

그러면서 태어나 말을 직접 보는 건 처음이라며 말을 쓰다듬었다. 로시난테는 기분이 좋았는지 히이잉거리는 소리를 냈다.

"세상을 구하길 바라요!" 여자가 말했다.

여자는 돈키호테와 손바닥을 마주치며 행운을 빌어주었다. 두 기사는 짧게 인사를 나누고 계속 나아갔다.

골목길로 접어드는데 공원에서 울부짖는 여자 목소리가 들렸다. 조금 전에 봤던 그 여자였다. 그 소리를 듣고 가만히 있을 돈키호테가 아니었다. 두 사람은 다시 공원으로 달려갔다.

두 남자가 여자를 겁탈하고 있었다. 한 남자는 여자 목에 식칼을 들이밀고, 다른 남자는 옷을 벗기고 있었다. 아까여자와 사랑을 나누던 남자는 배를 칼에 찔려 쓰러져 있었고 땅에 피가 흥건했다.

"짐승 같은 놈들아! 그만두어라!"

남자들은 돈키호테를 흘긋 쳐다보더니 피식 웃고는 다시 여자의 몸을 더듬으면서 옷을 벗겼다.

"그만두라고 하지 않았느냐?"

두 사람은 검을 꺼내 들고는 남자에게 다가갔다. 두 사람이 다가가자 남자는 식칼을 들고 돈키호테에게 덤벼들었다. 다른 한 남자는 옆에 있던 돌을 집어 들고 두 사람을 노려봤다. 돈키호테와 남자는 서로에게 칼을 겨누고 점점 가까워졌다. 남자가 칼을 휘둘렀지만 돈키호테는 능숙하게 피했다. 뒤에 있던 남자가 돌을 던져서 돈키호테의 머리에 맞고 돈키호테는 쓰러졌다. 넘어진 돈키호테에게 칼을 든 남자가 다가왔다. 그러나 산티아고는 아무것도 할 수 없었다. 바로 앞에서 남자가 돈키호테를 죽이려 했지만, 그는 차마 사람을 찌를 수가 없었다.

다행히 돈키호테가 한발 빨랐다. 남자가 칼로 돈키호테를 찌르려는 순간 돈키호테가 남자의 목에 검을 쑤셔 넣었다. 남자의 목에서 피가 뿜어져 나왔다. 그는 목을 부여잡고 쓰러지면서도 돈키호테에게 저주를 퍼부으며 죽어갔다. 이를 보고 다른 남자는 도망쳤다.

남자는 강간범으로 죽었다. 그의 이름은 영원히 강간범으로 남을 것이었다. 불쌍하지도 않았다.

"짐승 같은 놈들. 머릿속에 든 것이라고는 쓰레기 같은 것들밖에 없구나."

돈키호테는 먼지를 털고 일어났다.

"산티아고여, 무엇을 망설인 것이오?"

"죄송해요. 찌를 수가 없었어요."

"악을 무찌르는 데 망설임이 있어서는 안 되오."

"저는 기사가 못되려나 봐요."

"누구나 처음엔 그럴 수 있소."

조금 전까지 겁탈당하던 여자는 덜덜 떨고 있었다. 산티아고는 여자에게 말을 거는 게 좋을지 가만히 있는 게 좋을지 몰라서 그냥 가만히 있었다.

"괜찮소?"

여자는 반쯤 벗겨진 옷을 입더니 울면서 죽어있는 남자를 어루만졌다.

"세상이 미쳐버렸군."

"차라리 우리가 미친 거였으면 좋겠어요."

공원에는 여자의 울음소리만 서글프게 들렸다.

28

—

ყოველი წუთი მახსოვს

두 사람은 공원에서 여자의 울음이 그칠 때까지 기다렸
다. 쉽사리 그칠 울음이 아니었다. 사랑하는 사람을 잃은
슬픔이 여자를 무너뜨렸다. 여자는 결국 기절해서, 죽은 애
인 옆에 쓰러졌다. 남자의 피가 여자의 옷에 묻었다.

"이거 난감하군."

"어떻게 하죠?"

"별수 있겠소. 기다리는 수밖에."

사람이 쓰러져도 이미 죽은 사람을 많이 본 사람들은 대
수롭지 않은 듯 지나갔다. 죽음에 익숙해진 마을이었다.

산티아고는 쓰러져 있는 두 사람의 얼굴을 바라봤다. 여

자의 얼굴에는 슬픔이 있었다. 오히려 죽은 남자의 얼굴은 평안해 보였다. 남자는 영원히 잠든 것 같았다.

"저라면 깨어나고 싶지 않을 것 같아요."

"저 악마 같은 자들 때문에 이게 무슨 비극이란 말이오?"

돈키호테는 말하면서 조금 떨어져 있는 강간범의 시체를 가리켰다. 그때 들개 한 마리가 와서 냄새를 몇 번 맡더니 시체를 목부터 뜯어 먹었다. 두 사람은 들개가 시체 먹는 것을 한동안 지켜봤다. 일말의 동정심도 일어나지 않았다.

해가 서쪽으로 기울었고 여자가 깨어났다. 일어날 힘조차 없어 보였다. 여자는 남자의 시체를 보더니, 그제야 자신에게 일어난 일이 꿈이 아닌 현실이라고 받아들이는 듯했다.

여자는 남자를 안고 머리를 쓰다듬었다. 더 이상 울지는 않았다. 울 힘도 없어 보였다. 여자는 산티아고와 돈키호테에게 남자를 묻게 도와줄 수 있냐고 물어봤고 돈키호테는 알겠다고 말했다.

돈키호테와 산티아고는 남자 시체를 로시난테의 등에 메고 여자를 따라갔다. 작은 산길이 나왔고 두 사람은 계속 여자를 따라갔다. 여자는 산길을 비켜 걷다가 작은 나무 앞에 멈춰 섰다.

"그가 어릴 때 심었던 나무예요." 여자가 말했다. "그이는 죽으면 이곳에 묻히고 싶다고 했어요."

세 사람은 땅을 팠다. 남자를 묻을 정도로 파기에는 시간이 오래 걸려서 곧 저녁이 되었다. 세 사람은 남자를 땅에 묻고 흙을 정성껏 덮어주었다. 돈키호테는 두 손을 모으더니 뭐라고 기도했다.

"우리 몸은 흙으로 돌아갈 것이나, 영혼은 하늘에 계신 아버지께로 갈 것이오."

"순수한 사람이었어요. 신이 있다면, 아마 없겠지만 신이 정말 있다면…. 그를 좋아할 거예요."

여자는 한참을 멍하니 서있었다. 두 사람은 여자를 기다렸다가 집까지 바래다주었다. 여자는 고맙다고 짧게 인사하고 집 안으로 들어갔다.

날이 어두워져서 두 사람은 잘 곳을 찾았다. 그리 멀지 않은 곳에 여관이 있었다. 여관에 들어서자 주인으로 보이는 덩치 큰 남자가 나와서 인사했다. 남자는 콧수염이 인상적이었다.

"잘 곳을 찾으십니까?"

"두 명의 기사가 묵을 곳이 있겠소?"

"네? 기사요?"

"그렇소. 우리는 세상을 구하러 가는 길이오."

여관 주인은 돈키호테의 갑옷이며 말하는 걸 보더니 별

난 사람을 보겠다며 웃어댔다.

"요즘 같은 미친 세상에는 기사가 필요할지도 모르겠군요."

여관 주인이 2층에 있는 자그마한 방으로 두 사람을 인도했고 방에는 양옆으로 이층 침대가 있었다. 주인은 왼쪽에 있는 침대를 사용하라고 말하고는 아래층으로 내려갔다.

산티아고가 위층 침대에 자리를 잡았고 돈키호테는 아래층 침대에 짐을 풀었다. 오른쪽 침대에는 대여섯 살로 보이는 남자아이가 이불을 덮고 누워있었고, 30대 중반 정도로 보이는 금발 머리 남자가 아이의 머리를 쓰다듬고 있었다. 아이는 미동도 없이 가만히 있었다.

돈키호테가 노란 조명등만 남겨놓고 불을 껐다. 오른쪽 침대에 있던 남자는 그대로 아이 옆에 앉아있었다.

"귀여운 아이로군." 나서기 좋아하는 돈키호테가 먼저 입을 뗐다.

"한때 귀여웠죠." 남자는 아이에게서 눈을 떼지 않고 말했다.

"아이를 데리고 어디를 가는 길이오?"

"트빌리시에 가고 있어요."

"우리도 트빌리시에 가는 중이에요."

"소문을 들으셨나요?"

"무슨 소문 말이오?" 돈키호테가 말했다. "용이 깨어날 것이라는 소문 말이오?"

"아뇨. 기적을 일으키는 자가 나타났다는 소문이요."

"기적? 무슨 기적을 말하는 것이오?"

"병든 이를 고치고 죽은 사람도 살리는 자가 나타났다고 들었어요." 남자가 말했다. "저한테 희망은 이 아이 하나밖에 없어요. 아이를 살리기 위해 무슨 일이든 할 거예요."

남자의 말을 듣고 자세히 보니 아이는 숨을 쉬지 않았다. 곤히 잠든 것처럼 보였다.

"저런…."

"어떤 사람들은 그를 신의 아들이라 하고 어떤 사람들은 그를 악마의 하수인이라고 해요." 남자가 말했다. "이 아이를 살려준다면, 아이를 살려주기만 한다면…. 그게 악마라도 믿을 거예요."

"기적을 일으킨다면 그는 좋은 사람 아닐까요?" 산티아고가 말했다.

"기적에 미혹되지 마시오. 악마에게도 기적을 일으키는 권세가 있다오."

"뭐가 진실인지는 모르겠어요. 트빌리시에서 온 사람들이 그렇게 말하는 것을 들었어요."

"그곳에 무슨 일이 일어나고 있기는 한가 보오."

"그러게요."

29

—

 au ague

　창문 틈으로 새어 들어오는 가로등 불빛 때문인지, 돈키호테의 코 고는 소리 때문인지 산티아고는 잠들 수가 없었다. 그는 이리저리 뒤척이다가 슬며시 일어났다. 정확한 시간은 알 수 없었지만 아마 새벽 2시는 된 것 같았다. 그는 조심스럽게 이층 침대에서 내려와 밖으로 나갔다. 하늘에는 붉은 달이 떠있고 구름이 달을 살짝 가리고 있었다. 선선한 바람이 불었다.

　거리에 사람은 보이지 않았다. 산티아고는 혼자서 공원으로 갔다. 어둠 속에서 집과 나무의 윤곽이 보였다. 공원에는 가로등 하나가 켜져있었다. 그 아래 벤치가 쓸쓸히 놓여있었다. 산티아고는 벤치에 앉아 작은 풀벌레 소리에 귀를 기울였다. 그리고 그녀를 생각했다. 그녀의 얼굴을 생각했다. 그녀의 입술을 생각했다. 희미했다.

너는 어디에 있을까. 그는 생각했다. 너는 뭘 하고 있을까. 사람이 죽는 걸 봤어. 세상이 미쳐버렸나 봐. 처음에는 내가 미친 건지 세상이 미친 건지 헷갈렸어. 이제 알겠어. 희미했던 모든 것들이 점점 분명해져. 신을 믿지는 않지만, 기도할게. 네가 아프지 않도록 기도할게. 너를 지켜달라고 기도할게. 내가 대신 아픈 게 나아. 왠지 이 길을 따라가면 너를 볼 수 있을 것만 같아. 그런 느낌이 들어. 고마워.

그녀 생각에 깊이 빠져있을 때, 저 멀리에 검은 로브를 입은 대여섯 사람이 지나갔다. 그들 중 두 명은 횃불을 들고 있었고 모두 긴 후드로 얼굴을 가리고 있었다. 산티아고는 호기심에 그들의 뒤를 밟았다.

그들은 광장 중앙에 있는 염소 머리에 새의 날개 형상을 한 동상 앞에 멈췄다. 양쪽으로는 횃불을 든 두 사람이 있고, 나머지는 둥글게 섰다. 멀리에서 흐릿하게 보였는데 그들은 오른손에 검은 표식이 있었다.

그들 중 리더로 보이는 자가 품 안에서 작은 물체를 두 손으로 들어 올렸다. 그리고 주문 같은 것을 외웠다. 그 작은 물체에서는 소리가 났다. 멀리에서도 알 수 있었다. 아

구름 위에는

기 울음소리였다.

그들은 아기를 땅에 내려놓고 단검으로 목을 찔렀다. 울음소리가 곧바로 멈췄다. 산티아고는 손으로 입을 가리고 작게 신음했다. 못 볼 것을 본 듯한 느낌이 들었다. 심장이 두근거렸다. 다행히 그들은 근처에 누가 있는 것을 눈치채지 못한 것 같았다. 그들은 다시 주문을 외웠다. 산티아고는 더 지켜보기가 두려워 헐레벌떡 공원을 지나 여관에 도착했다. 그는 노란 조명등을 켜고 돈키호테를 깨워 자기가 본 것을 그대로 말했다.

"그들은 오래전부터 있었소. 그들은 사탄 숭배자들이오."

"아기를 제물로 바쳤어요. 어떻게 인간이 그런 짓을 할 수가 있죠?"

"그들은 어둠을 믿는 자들이오."

대화 소리에 옆 침대에 자고 있던 남자가 눈을 떴다.

"무슨 얘기죠?" 남자가 눈을 비비며 말했다.

"깨셨어요? 죄송해요."

"아뇨. 괜찮아요. 아기를…. 뭐라고 하시는 것 같던데. 무슨 이야기 중이셨어요?"

산티아고는 자초지종을 설명했다. 남자의 얼굴이 어두워졌다.

"검은 로브를 입은 자들이 갓난아기를 제물로 바쳤어요.

얼굴을 가리고 있어서 얼굴은 보지 못했어요."

"또 다른 특징은 없었소?"

"오른손에…. 검은 표식이 있었어요."

"내 아무래도 그 악마 같은 자들을 당장 처단하러 가야겠소!" 돈키호테가 잠시 생각하더니 말했다.

"네? 지금요?"

"그놈들을 처단하지 않고는 맘 편히 잠들 수가 없을 것 같소."

산티아고는 돈키호테의 불같은 성격을 알고 있었기에 더 말릴 수가 없었다. 두 사람은 각자 검을 챙겨 여관을 나왔다. 거리는 어두침침했다. 고요한 새벽이라 사람은 없었다. 두 사람은 공원을 지나갔다. 광장에 도착했을 때 로브를 입은 자들은 떠나고 가운데에 염소 머리 동상만 자리를 지키고 있었다. 산티아고는 내심 그들이 없어서 다행이라고 생각했다.

"네놈 사탄아! 이곳에서 무슨 사악한 짓을 한 것이냐?"

돈키호테가 동상에다 대고 소리쳤다. 물론 대답은 없었다.

"대답해 보거라! 이놈아!"

돈키호테는 계속 고함을 질렀다. 그래도 대답이 없자 그는 검으로 동상의 염소 머리를 치기 시작했다. 그는 있는 힘껏 동상을 내리쳤다. 새벽 아무도 없는 광장에는 시끄럽

구름 위에는

게 꽝꽝거리는 소리가 울려 퍼졌다. 사십 번 정도를 내리쳤을 때 염소 모양의 머리가 날아갔다. 돈키호테는 그러고도 분이 풀리지 않았는지 바닥에 떨어져 있는 염소 머리를 냅다 발로 차버렸다. 머리는 데굴데굴 굴러가더니 하수구 아래로 떨어졌다.

"하하."

밤바람이 시원하게 불었다. 산티아고는 상쾌한 기분이 들었다.

"이제 좀 속이 후련하오."

"그들은 어둠이 빛을 이길 수 있다고 생각할까요?"

"어둠은 빛을 이길 수 없소." 돈키호테가 말했다. "내가 믿는 것은 영원한 빛은 절대 사라지지 않는다는 것이오."

"저도 믿어요. 이제. 영원한 빛을."

30

—

კერასდროს დაგიიწყებ

맑은 하늘에 구름이 조금 낀 날씨였다. 산티아고와 돈키호테는 짐을 챙겨서 여관을 나왔다. 옆 침대를 썼던 남자도 죽은 아이를 품에 안고 내려왔다. 세 사람은 목적지가 같았기 때문에 트빌리시까지 같이 가기로 했다. 돈키호테는 로시난테의 등에 아이를 메어 가자고 남자에게 아이를 달라고 했는데 남자는 괜찮다고 하더니 아이를 등에 업고 걸었다.

남자가 앞장서고 산티아고와 돈키호테는 그 뒤를 따라갔다. 세 사람은 공원을 지나 광장을 지났다. 지난 새벽에 돈키호테가 칼로 두들겼던 동상이 머리가 없는 채로 있었다. 마치 그들의 끝을 예고하는 것 같았다. 어둠을 믿는 자를

구름 위에는

기다리는 것은 어둠뿐이다.

시내를 벗어나니 사람들이 보이지 않았다. 세 사람은 나무 사이로 난 좁은 길을 따라 걸었다. 나무 위에서 이름 모를 새가 지저귀는 소리가 났다. 풀은 이슬이 맺혀 찬란하게 빛났다.

세 사람은 한동안 말없이 길을 따라 걸어갔다. 햇살은 따사로웠고 걷기에 좋은 날씨였다. 그때 오른쪽 풀숲에서 바스락거리는 소리가 났다. 산티아고가 소리 나는 쪽을 쳐다봤는데 사슴 한 마리가 이쪽을 바라보고 있었다. 산티아고와 사슴은 서로를 몇 초 동안 바라봤다. 사슴은 그 무엇에도 오염되지 않은 맑은 눈을 가지고 있었다. 산티아고는 순수한 것에 닿고 싶어서 사슴에게 조심스럽게 다가갔는데, 사슴은 자신에 대한 위협으로 받아들였는지 바로 도망가버렸다. 아쉬웠다.

"할아버지가 있었다면 왠지 사슴에게 다가갈 수 있었을 것 같아요."

"자비노라면 충분히 가능했을 것이오."

"네? 자비노가 누구죠?" 남자가 물었다.

"있어요." 산티아고가 말했다. "사이코패스 같은 할아버지."

"그는 착한 사이코패스였소."

"하하. 맞아요. 어디서 뭘 하고 있을까요?"

"어쩌면 우리 뒤를 졸졸 따라다니며 지켜보고 있을지도 모르오."

산티아고는 순간 고개를 돌려 뒤쪽을 쳐다봤다. 나무와 풀숲 사이로 난 좁은 길 말고는 아무것도 없었다.

"그래도 언젠가 다시 만날 것 같은 느낌이 들어요."

"착한 사람들은 모두 언젠가 다시 만날 것이오." 돈키호테가 말했다. "나는 그날이 올 것이라 믿소."

해가 가장 높은 곳에 떠 있을 무렵 산티아고 일행은 트빌리시에 도착했다. 시가지에는 붉은색 지붕이 덮인 건물들이 가득했다. 사람들은 평화로운 일상을 살아가고 있었다. 카페 테라스에서 커피를 마시며 이야기를 나누는 사람들, 지붕 위에서 빨래하는 사람들, 어디론가 뛰어다니는 아이들이 있었다. 그들 대부분 오른손이나 이마에 검은 표식을 하고 있었다는 것 말고는 보통 사람들과 다를 것이 없어 보였다.

세 사람은 루스타벨리 거리를 걸었다. 거리 양쪽에는 아름다운 건축물들이 있고 우아한 가로수가 줄지어 있었다. 걷고만 있어도 기분 좋아지는 거리였다.

자유 광장에 들어서자 한가운데에 성 게오르기우스의 동상이 보였다. 그리고 주변을 둘러싼 사람들이 보였다. 몇백 명은 되어 보였다. 그들은 누군가의 이름을 외치고 있었다.

구름 위에는

가까이 다가가자 뭐라고 외치는지 제대로 들렸다.

"팰서스! 팰서스!"

사람이 너무 많아서 팰서스라는 사람이 보이지는 않았으나, 남자가 찾던 사람이 이곳에 있다는 것은 알 수 있었다.

"저는 가보겠습니다." 남자가 말했다.

"아이를 위해 기도할게요." 산티아고가 말했다.

"기사님들도 세상을 구하길 바라요!"

남자는 아이를 등에 업고 많은 사람을 비집고 들어갔다. 그것이 그의 마지막 모습이었다.

"새벽에 본 자들의 오른손에 검은 표식이 있다고 하지 않았소?"

"네. 분명히 봤어요."

"이곳 사람들 대부분 검은 표식이 있소."

"그러게요. 뭘까요?"

"우선 공주님을 찾아가는 것이 좋을 것 같소."

왕궁은 높은 곳에 있어서 어디에서든 잘 보였다. 산티아고는 어디로 가야 할지 바로 알 수 있었다. 두 사람은 강을 따라 걸어갔다. 넓은 강이었다. 돈키호테는 로시난테를 강 기슭으로 데려가 목을 축이게 했다. 산티아고도 말이 물을 마실 수 있게 내려와 그 자리에 주저앉았다.

"오래 걸으니까 지치네요."

"좀 쉬다 가는 것이 좋겠소."

돈키호테가 산티아고 옆에 앉았다. 하늘에는 아직 해가 높이 떠 있었다. 산티아고는 가만히 누워서 하늘을 바라봤다. 얇은 구름이 있었다. 푸르렀다. 아무 생각도 들지 않았다. 돈키호테의 배에서 꼬르륵 소리가 났다.

두 사람은 강 근처에 있는 몇몇 가게를 두리번거리다가 손님이 많은 음식점에 들어갔다. 그리고 어떤 음식을 주문할지 몰라서 가장 인기 많은 것으로 달라고 했다. 레드 와인도 함께 주문했다.

곧 닭고기를 호두 소스에 끼얹은 요리가 나왔다. 두 사람은 잔을 한 번 부딪치고 음식 맛을 보았다. 아주 맛있어서 점원에게 요리 이름이 뭐냐고 물어보니 '사치비'라고 했다. 돈키호테가 와인을 한 병 더 주문했다. 그는 기분이 좋아졌는지 손으로 배를 두들겼다. 그는 행복해 보였다.

"이곳이 천국이오."

"하하."

"천국은 멀리 있지 않소."

"왜 사람들은 진실을 모를까요?" 그가 말했다. "이렇게나 가까이 있는데."

"중요하지 않은 것들이 사람들 눈을 가리고 있소."

"세상에 중요한 것은 하나밖에 없는 것 같아요."

"그대에게 중요한 것은 무엇이오?"

산티아고는 잔을 들어 올리더니 와인 향을 맡았다. 그리고 조금 마셨다.

"그냥… 있어요."

"모든 기사에게는 영혼의 주인이 있소. 분명 그대에게도 눈부시게 빛나며 누구와도 비할 수 없는 귀부인이 있을 것이오."

돈키호테가 산티아고의 눈을 바라봤다. 그는 뭔가 기대하는 대답이 있는 것 같았다.

"돈키호테 씨도 있나요?"

"내 행위와 움직임의 주인, 둘시네아 님은 기사가 되기로 마음먹은 순간부터 언제나 이 마음속에 있소."

"저도 있어요. 언제나. 제 마음속에. 사라지지 않아요."

"그대의 귀부인은 언제부터 마음속에 있었소?"

"희미해요. 어쩌면 일주일 동안 꿈을 꿨는지도 모르겠어요." 그가 말했다. "울고 있던 저를 구해주었어요."

"그대의 영혼을?"

"저의 모든 것을."

산티아고는 와인을 한 모금 마셨다.

"저를 슬프게 할 사람, 울게 할 사람은 그 사람밖에 없어요." 그가 말했다. "그래서 그 사람이 좋아요."

"모든 남자는 속에 조그마한 겁쟁이를 숨기고 있소. 모두 강한 척할 뿐이오."

"그녀가 모든 것을 견디게 해요. 바라는 것은 한 가지밖에 없어요. 이 길 끝에 그녀가 없다면 무너져 버릴지도 몰라요."

"우리 서로의 귀부인을 위해 기도하는 것이 어떻소?" 돈 키호테가 말했다. "신께서는 언제나 착한 소원을 들어주시기 때문이오."

두 기사는 마지막 잔을 부딪치고는 단숨에 마셨다. 구름 사이로 햇살이 내려와 두 사람을 비췄다. 따뜻했다.

31

—

ჩემთვის შენ გარდა

해가 서쪽 산등성이로 뉘엿뉘엿 저물어갔다. 배가 부른 돈키호테는 기분 좋은 노래를 흥얼거리면서 왕궁을 향해 언덕을 올라갔다. 산티아고는 돈키호테의 노랫소리를 따라서 휘파람을 불어봤지만 바람 새는 소리만 어설프게 나왔다.

얼마나 더 걸었을까. 나무들 사이로 낡았지만 고풍스러운 집들이 보이고, 거리에는 몇몇 사람들이 지나다녔다. 오른손에 검은 표식을 한 사람이 대부분이었다. 땅거미가 짙게 깔렸을 때, 두 사람은 왕궁 앞에 도착했다.

왕궁의 커다란 문은 열려있었다. 지나다니는 사람들이 많았다. 문 앞을 지키는 병사들이 있었는데 그들은 사람들이 많아서인지 두 사람의 길을 막지 않았다. 두 사람은 왕궁 안으로 들어갔다.

왕궁 안은 사람들로 북적였다. 사람들은 가장 중요한 날을 위해 준비한 옷을 입은 듯 차림새가 아름다웠고, 먹음직스러운 음식을 이곳저곳으로 나르고 있었다. 무슨 특별한 날인 것 같았다. 돈키호테는 사람들 눈치를 보지 않고 이리저리 돌아다녔다. 망설임 없는 그의 발걸음을 산티아고는 부지런히 따라다녀야 했다. 그렇다고 왕궁 안 모든 곳을 드나들 수 있는 것은 아니었다. 어떤 곳에 이르자 병사가 창을 들이밀며 막아섰다.

"이스트라 공주님을 뵈러 왔소."

공주를 보러 왔다는 말을 듣자 병사는 높은 신분으로 보이는 남자를 한 명 데려왔다. 찢어진 눈을 가진 그 남자는 두 사람을 거지 보듯이 봤다. 두 사람의 행색이 거지 같아 보이기는 했다. 그는 경멸 어린 눈으로 두 사람을 쳐다봤다.

"공주님은 바쁘신 분이다. 썩 꺼지거라."

"그게 무슨 소리요? 우리는 용을 무찌르러 왔단 말이오!"

"용? 그런 헛소리를 믿는 게냐? 헛소리는 밖에 나가서 하거라!"

남자는 피식하더니 병사들에게 손짓했다. 무장한 몇 사람이 와서 두 사람을 끌고 밖에 나가려는데 돈키호테가 소

구름 위에는

리쳤다.

"용이 깨어났다고 들었소!"

돈키호테는 밖에 끌려 나가지 않으려 안간힘을 쓰며 계속 공주님을 불러달라고 소리쳤다. 그 소리에 사람들의 시선이 집중되었다. 병사 몇 명이 더 와서 두 사람을 끌고 나가려고 했다. 그때 한눈에 보기에도 공주로 보이는 여자가 와서 병사 한 명에게 자초지종을 물었다.

"대신은 전설을 알지 못하나요?"

공주는 금발 머리에 연갈색 눈을 가지고 있었다. 얼굴은 아름다웠고 눈에는 총기가 가득했고 품위 있는 옷 위로도 굴곡진 몸매가 드러났다. 이스트라는 공주라는 신분이 아니었더라도 어디서나 공주 대접을 받을 것 같은 사람이었다.

높은 신분의 남자는 곧바로 공주에게 굽신거렸다. 그는 공주에게 지나칠 정도로 몸을 굽히며 얼굴은 환한 표정을 지었다. 두 사람에게 보인 반응과는 정반대였다. 산티아고는 남자가 처음에 자신을 거지 취급할 때는 조금 화가 났는데 이 정도로 비굴한 사람은 태어나 처음이라 오히려 웃음이 났다.

"공주님을 뵈러 멀리에서 왔소!"

"저를요? 무슨 일로 왔나요?"

"우리는 용을 무찌르러 왔소이다."

"이야기를 나눌 수 있을까요? 공주님?"

"곧 연회가 시작하니 그때 뵙죠." 공주는 잠시 생각하더니 말했다.

공주는 말을 마치고 바로 어디론가 사라졌다.

곧 젊은 여자 한 명이 와서 두 사람을 안내했다. 여자는 두 사람을 비어있는 방에 데려다주며 옷을 갈아입으라고 했다. 돈키호테는 기사는 언제나 만약의 상황을 대비해 갑옷을 입고 있어야 한다며 싫다고 했다. 산티아고는 방에 있는 옷을 찬찬히 살펴봤는데 모두 화려한 치장이 달려있어서 입기에 부담스러웠다. 그는 최대한 깔끔한 남색 옷을 입고 돈키호테와 함께 연회장으로 갔다.

이미 연회는 시작한 모양이었다. 바이올린과 첼로 연주 소리가 들렸고 마주 보는 끝에 앉은 사람이 잘 안 보일 정도로 기다란 테이블에 맛있는 음식이 잔뜩 차려졌다. 양고기를 쇠꼬챙이에 끼워 장작불에 구워낸 고기가 있었고, 칠면조도 있었다. 산티아고는 점심에도 술을 마셨던 것을 잊고 맥주를 마셨다. 취기가 올라왔다.

테이블 가운데에는 왕이 앉아있었고 오른쪽에는 이스트라 공주가, 왼쪽에는 조금 전에 봤던 비굴한 대신이 앉아있었다. 왕은 갈색 머리에 수염이 풍만해 인상이 부드러워 보였으나 위엄이 있어 보이지는 않았다. 왕보다는 오히려 옆에 있는 공주가 위엄이라는 말과 어울렸다.

"새로 오신 분들은 어디서 오셨소?" 왕이 말했다.

"라만차에서 왔소." 돈키호테가 말했다.

"아침의 나라에서 왔어요." 산티아고가 말했다.

"우리 왕국에서는 나그네들을 푸대접하지 않는다오. 모든 나그네는 신의 사자일지도 모르기 때문이오."

"감사해요. 이렇게 맛있는 음식도 주시고."

"두 사람, 운이 좋았어요. 마침 연회를 하는 날에 오다니." 이스트라가 찡긋 웃으며 말했다.

"오늘 무슨 날이오?"

"아, 외지인이라 모르시는군요. 성 게오르기우스의 축일이에요."

"성 게오르기우스?"

"오래전에 용을 물리친 기사가 있었어요. 그는 창으로 용을 찔러 죽이고 왕국을 떠났죠." 이스트라가 말했다. "그를 기념하는 거예요."

"우리도 용을 무찌르러 왔소."

"마지막에 용이 나타나 세상을 구한다는 이야기를 들었어요." 산티아고가 말했다. "용이 곧 나타날 것이라는 소리도."

이스트라는 입안에 든 음식을 삼키고 손수건으로 입을 닦았다.

"보통 사람들에게는 그렇게 전해지죠. 그런데 그 이야기는 조금 와전됐어요."

"네? 원래는 어떻죠?"

왕과 이스트라는 서로 바라보더니 몇 마디 주고받았다.

"지금 여기서 할 이야기는 아닌 것 같군요." 이스트라가 말했다.

"전설에 대해 알고 싶어요."

"그렇다면 내일 둘이서 이야기해요. 보여드릴 게 있어요."

"네. 알겠어요."

대화가 끝나고 다시 음악 소리가 들렸다가 대신이 잔을 들고 일어서자 다시 멈췄다.

"사카르트벨로를 위하여!" 대신이 소리쳤다.

사람들은 모두 잔을 들고 앞자리 옆자리 사람과 잔을 부딪쳤다.

"전염병도 이제 끝나가고 있는 것 같소." 왕이 말했다.

"펠서스, 그자가 오고 나서 신기하게 전염병이 사라졌습니다." 대신이 말했다.

산티아고는 어제 광장에서 군중이 펠서스라고 외치고 있던 것이 기억났다. 죽은 아이를 업고 오던 남자도 기적을 바라며 그에게 찾아갔다. 그 아이는 어떻게 되었을까? 정말 살아났을까?

"사람들이 죽어나갈 때는 정말 세상이 끝나는 줄 알았소."

"처음에는 그냥 감기 같은 것인 줄 알았어요."

"왕께서도 표식을 받으시지요. 그자는 믿을 만합니다." 대신이 소매를 걷어 오른손의 검은 표식을 보여주며 말했다.

"아뇨. 저는 그자를 믿지 않아요." 이스트라가 말했다. "그는 착한 사람이 아니에요. 그자의 눈을 보면 알 수 있어요."

"공주님, 이성적으로 생각하셔야 합니다. 사람들이 그자의 표식을 받은 덕분에 전염병이 사라지고 있어요."

"전염병은 사라지지 않았어요."

"이대로라면 곧 사라질 겁니다."

"광장에서 많은 사람이 그를 따르고 있었어요." 산티아고가 말했다. "그가 죽은 자도 살린다고 하던데요?"

"어디까지가 진실인지 모르겠소."

"만약 죽은 자를 살린다면 나는 그를 믿지 않을 것이오." 돈키호테가 말했다. "인간의 생명은 모두 하느님의 것이오. 아무리 마법사라도 감히 신의 권능을 함부로 할 수는 없소."

"사람을 살리는 것도 안 된다는 소리인가요?" 이스트라가 말했다.

"그렇소. 만약 죽은 사람을 살린다면 그는 악마이거나 신일 것이오. 그러나 신은 이미 이천 년 전에 죽었소."

"오래된 책을 믿는군요."

대신은 비웃는 표정을 지었다. 다행히 돈키호테는 눈치 채지 못한 것 같았다.

"진리의 책에는 거짓이 하나도 없음을, 오직 진실만이 있음을 믿소."

"우리 왕국에도 그 책을 믿는 사람들이 있어요." 이스트 라가 말했다. "저의 어릴 적 스승님도 그 책을 믿었어요."

"분명 훌륭한 분이셨을 것이오."

"네. 똑똑한 분이셨어요. 그분은 가끔 오래된 책의 이야기를 들려주시곤 했어요."

"공주님은 이야기를 믿소?"

"모든 이야기를 믿지는 않지만 뭔가 중요한 것을 말하고 있다고 생각은 했어요."

"모두 인간에게 중요한 것들이오."

"자, 그런 재미없는 이야기는 그만하고 다시 잔을 올립시다!" 대신이 잔을 들어 올리며 말했다.

사람들은 또다시 잔을 들었고 부딪쳤다. 그날 산티아고 는 음악을 들으면서 배가 터지도록 음식을 먹고, 어지러울 때까지 술을 마셨다.

구름 위에는

32

—

სხვისი შეყვარება

추적추적 내리는 빗소리에 산티아고는 눈을 떴다. 잿빛 구름에 태양이 가려서 몇 시인지 가늠이 가지 않았다. 그는 커다란 침대에 누워있었고 옆에는 돈키호테가 이불을 발로 치운 채 코를 골며 자고 있었다. 속이 울렁거리고 머리가 깨질 듯이 아팠다.

산티아고는 바깥 공기를 쐬려고 창문을 열었다. 서늘한 바람이 그의 얼굴을 스쳤고 빗방울이 몇 개 머리에 맞았다. 왕궁은 언덕 높은 곳에 있어서 트빌리시의 풍경이 다 보였다. 가운데에 강이 흐르고 주변에는 빨간 지붕의 집들이 옹기종기 모여있고, 멀리에는 산등성이가 보였다. 사람들은 우산을 쓰고 걸어 다녔다. 잿빛 구름은 빠르게 어디론가 흘러갔다.

산티아고는 어제 술을 너무 마셔서 어떻게 방으로 들어왔는지도 기억나지 않았다. 어제 먹은 음식이 맛있었다는 것만 기억했다. 공주가 아름다웠다는 것도.

그는 세수하러 욕실에 갔다. 세면대는 고풍스러운 은색 사자 장식으로 되어있었다. 왕궁 안에 있다는 것이 실감 났다. 그는 수도꼭지를 돌렸고 곧 미지근한 물이 나왔다. 산티아고는 차가운 물이 나올 때까지 기다린 뒤에 세수했다. 정신이 맑아졌다.

부드러운 수건으로 얼굴의 물기를 닦고 다시 침대에 누웠다. 배는 고프지 않았다. 그는 한 시간 정도를 코 고는 소리와 빗소리를 들으며 누워 있었다. 규칙적인 빗소리와 다르게 돈키호테가 코 고는 소리는 불규칙했다. 비는 그치지 않았고 돈키호테는 일어날 기미가 안 보였다. 그때 방문을 똑똑 두드리는 소리가 났다.

"누구시죠?"

젊은 여자였다. 여자는 응접실에서 공주님이 기다린다고 말하며 준비가 되었냐고 물었다. 산티아고가 준비되었다고 말하자 여자는 따라오라고 했다. 왕궁 내부는 미로같이 복잡해서 누군가 안내를 해주지 않으면 길을 잃어버릴 정도였다. 응접실은 일 층에 있었다. 고급스러운 카펫 위에 소파와 테이블이 놓여있고 천장에는 크리스털로 된 샹들리에가 매달려 있었다. 커다란 창문이 열려있어서 빗소리가 잘 들렸다. 이스트라는 소파에 혼자 앉아있었다.

"일어났나요. 산티아고 씨? 얼굴이 부었네요."

"그런가요? 못생겼나요?"

"귀여워요. 하하."

"어제 많이 먹어서요. 음식이 너무 맛있더라고요."

"어제는 특별한 날이었으니까요."

산티아고는 이스트라의 맞은편 소파에 앉았다. 이스트라는 산티아고를 바래다준 여자에게 허브차를 가져오라고 했다.

"무슨 일로 저를 부르셨나요?"

"이곳에 왜 오셨다고 했죠?"

"용을 무찌르기 위해 왔어요." 산티아고가 말했다. "기사의 맹세를 했거든요."

"기사의 맹세요?"

"네. 별거는 아니고 그냥 사람들 앞에서 용을 없애겠다고 맹세한 것뿐이에요."

"그렇군요."

방문을 똑똑하는 소리가 나더니 여자가 허브차 두 잔을 테이블에 내려놓았다. 그리고 두 사람에게 정중히 인사하고는 사라졌다. 산티아고는 허브차를 후후 불고는 한 모금 마셨다.

"이야기를 믿나요?" 이스트라가 말했다.

"믿어요."

"우리 왕국에는 오래전부터 전해져오는 전설이 있어요."

"그게 뭐죠?"

이스트라는 작은 스푼으로 허브차를 휘젓고 한 모금 마셨다.

"보여드릴 게 있어요."

"네?"

"저를 따라오세요."

두 사람은 마시던 차를 그대로 놓고 일어났다. 산티아고는 이스트라를 따라갔다. 지나치는 사람이 몇 명 있었는데 모두 이스트라를 보더니 정중하게 허리를 굽혔다. 이스트라는 계단을 올라가 오른쪽 복도 끝 구석에 있는 방에 다다랐다. 방에는 햇빛이 들지 않았고 잡동사니들이 어질러진 채 먼지가 수북하게 쌓여있었다.

"햇불이 있나 찾아보세요."

이스트라는 물건들을 이리저리 뒤적거렸다. 산티아고도 햇불을 찾아 물건들을 뒤졌다. 퀴퀴한 먼지 냄새가 올라왔다. 이윽고 그는 햇불로 보이는 것을 찾아서 이스트라에게

구름 위에는

주었다. 공주는 횃불에 불을 붙이더니 가지고 온 열쇠로 방에 있던 자그마한 문을 열었다. 이스트라는 산티아고에게 따라오라고 말한 뒤 횃불을 들고서 어둠 속으로 걸어 들어갔다.

두 사람은 아래로 이어진 계단을 계속 내려갔다. 세 바퀴 정도를 빙빙 돌면서 내려간 뒤에야 지하에 도착했다. 이스트라는 횃불을 등불에 갖다 대 불을 밝혔다.

"여긴 어디죠?"

"모든 것이 끝나는 곳."

"네?"

"저의 아버지, 아버지의 아버지, 그리고 아버지의 아버지들은 이곳을 그렇게 불렀어요." 이스트라가 말했다. "저를 따라오세요."

이스트라가 횃불을 들고 앞장섰다. 산티아고는 그 뒤를 따라갔다. 이스트라는 지나가면서 보이는 등불마다 불을 붙였다. 어둡던 지하가 점점 환해졌다. 여덟 번째 등불을 켰을 때 두 사람은 커다란 비석 앞에 섰다. 사람보다 커다란 비석에는 알 수 없는 언어로 무슨 말이 새겨져 있었다.

"오래전부터 있었어요." 이스트라가 말했다. "수천 년 동안, 어쩌면 수만 년일지 모르는 시간 동안.

"무슨 뜻이죠?"

"한번 읽어보실래요?"

"네?"

"장난이에요. 하하." 이스트라가 말했다. "그거 알아요? 지금 표정 되게 바보 같은 거."

"저는 머리 좋은 편인데요."

"정말요? 그렇게 안 보이는데."

이스트라가 의심의 눈초리로 산티아고를 바라봤다. 산티아고는 어깨를 한 번 으쓱했다. 이스트라는 웃었다.

"공주님은 읽을 수 있나요?"

"물론이죠. 어렸을 때 얼마나 고생했는데요."

"어렸을 때요?"

"어렸을 때 고대 언어를 배우기 싫어서 도망 다니느라 혼나곤 했는데."

"공부하는 걸 싫어하셨나 봐요."

"고대 언어 같은 걸 왜 배우는지 모르니까요. 쓸데없다고 생각했어요." 이스트라가 말했다. "산티아고 씨는 어린 시절 기억나요?"

"어린 시절요?"

"네."

"그냥…. 희미해요." 산티아고가 말했다. "그나저나 뭐라고 쓴 거죠?"

구름 위에는

이스트라는 손으로 비석을 어루만졌다. 속으로 뜻을 해석하는 것 같았다. 이스트라는 잠시 생각하더니 말했다.

"용이 깨어나는 그날에 어둠은 빛으로 빛은 어둠으로 보일지니." 이스트라가 말했다. "먼 곳에서 신의 사자가 나타나 어둠을 물리치리라."

"사람들은 용이 세상을 구할 것이라고 하던데요."

"모두 잘 모르고 있어요. 용이 어떤 존재인지 알 수 없어요."

"용이 깨어나지 않은 것을 보니 아직은 끝이 아닌가 봐요."

"어쩌면 우리가 모르는 곳에서 이미 깨어났을지도 모르죠."

"만약 정말 끝이라면 뭘 하고 싶으세요?"

"정말 끝이라면요? 글쎄요. 음⋯." 이스트라가 말했다. "세상이 끝나기 전에 잘생기고 멋있는 남자와 사랑을 나누고 싶네요. 하하."

"저도요. 이쁘고 착하고 웃기고 똑똑하고 멋있는 사람과요."

"응? 난데?"

"흠, 다른 건 모르겠고 웃긴 건 맞네요."

"가차 없으셔라. 하하." 이스트라가 말했다. "그런 사람이 있을까요? 세상에? 이쁘고 착하고 웃기고 똑똑하고, 거기에 멋있기까지 한 사람이?"

"있어요. 일주일 동안 꿈을 꿨어요." 그가 말했다. "잊을 수 없는 꿈을."

"저도 꾸고 싶네요. 그런 꿈을."

"모든 사람이 원하는 것은 하나밖에 없어요."

"맞아요. 모든 사람은 꿈을 원해요." 이스트라가 말했다.
"잊을 수 없는 꿈을."

구름 위에는

33

—

ძნელია

비가 그치고 햇살도 사라졌다. 저녁 시간이 되자 젊은 여자가 방에 와서 문을 똑똑 두드렸다. 산티아고는 돈키호테를 흔들어 깨운 뒤 여자를 따라서 식당으로 갔다. 식당에는 이스트라가 기다리고 있었다.

"기사님들 오셨나요?"

"어제는 감사했소. 음식이 너무 맛있었소."

"맛있었다니 다행이네요."

곧 시종들이 음식을 가지고 왔다. 어제만큼은 아니었지만 푸짐했다. 돈키호테는 기도한 뒤에 음식을 먹기 시작했다. 산티아고도 기도했다.

"용이 나타나기 전까지는 공주님을 위해 일하고 싶소."

"저를 위해서요?"

"그렇소. 총명하고 아름다운 공주님을 위해 일한다면 나의 둘시네아 님께서도 이해해 주실 것이오."

"저도 이곳에 있고 싶어요. 할아버지가 분명 이곳에서 용이 깨어난다고 했어요."

"할아버지?"

"있어요." 산티아고가 말했다. "웃긴 할아버지."

"좋을 대로 하세요." 이스트라가 말했다. "음식은 충분히 있으니까요."

세 사람이 식사를 마치자 시종이 커피와 차를 가져왔다. 이스트라는 작은 스푼으로 커피를 휘저어 마셨다. 돈키호테는 녹차를 마셨다.

"한 시간 뒤에 사람들이 올 거예요."

"어떤 사람들이요?"

"아버지께 뭔가를 요구하는 사람들이요." 이스트라가 말했다. "옆에서 이야기를 듣고 있다 보면 저마다 삶이 복잡하다는 것을 느껴요."

"백성의 소리를 듣는 것이 왕의 도리요."

"그렇죠. 그런데 왕이 할 수 있는 일이 별로 없어요." 이스트라가 말했다. "왕도 한 명의 인간일 뿐이에요."

구름 위에는

"나도 기사 된 자로서 도움이 필요한 사람들의 소리를 듣고 싶소." 돈키호테가 말했다. "그리고 내가 할 수 있는 일이라면 뭐든지 하겠소."

"좋아요. 한 시간 뒤에 중앙에 있는 홀로 오세요."

돈키호테와 산티아고는 잠들었던 방에 가서 조금 쉬다가 중앙에 있는 홀로 갔다. 가운데 있는 의자에 왕이 앉았고 양옆에 이스트라와 대신 그리고 다른 신하들이 서있었다. 모두 엄숙한 표정을 짓고 있었다. 두 사람은 이스트라 옆에 가서 섰다.

첫 번째로 왕에게 온 사람은 30대 중반으로 보이는 여자였다. 여자는 자고 있을 때 두 살 된 어린아이를 누군가 납치해 갔다고 그 나쁜 놈을 제발 찾아달라고 울면서 말했다. 여자는 왕에게서 아이를 꼭 찾겠다는 약속을 받고서 물러갔다.

그다음은 검은 표식을 받지 않아서 집단으로 구타당한 젊은 남자였다. 얼굴과 팔에 작은 상처들이 나있었다. 남자는 검은 표식을 받은 사람들이 점점 미쳐가고 있다고 하면서 미친놈들에게서 자신을 지켜달라고 했다. 왕이 왜 표식을 받지 않았느냐고 묻자, 남자는 잠시 머뭇거리더니 자신은 오래된 책을 믿는다고 말했다.

그리고 그 뒤에 온 남자는 모든 사람이 검은 표식을 받아야 한다고 왕께서 직접 말해달라고 했다. 그 남자는 검은 표식을 받지 않은 사람들은 기생충 같은 자들이며 그들 때문에 전염병이 사라지지 않아 모두 피해를 보고 있다고 했다. 그러자 대신이 옆에서 맞장구를 쳤다. 남자는 왕이 아직 검은 표식을 받지 않은 걸 모르는 것 같았다. 덧붙여 팰서스는 사람들을 살리고 있는데 기생충 같은 자들 때문에 죄 없는 사람들이 죽는다며 그들에게 벌을 내려야 한다고 말했다.

마지막으로는 젊은 남자가 들어왔다. 그는 덜덜 떨면서 자기가 하는 말이 모두 진실이라고 제발 믿어달라고 소리쳤다. 홀에 있던 모든 사람이 그 남자를 바라봤다. 왕이 믿는다고 하자 남자는 잠시 머뭇거리더니 이어서 말했다.

"도저히 사람이 할 짓이 아니어서 전부 말하려고 해요. 이걸 알면 그들이 저도 죽일지 몰라요."

남자는 뭔가를 두려워하는 눈빛이었다. 겨우 진정하더니 다시 말했다.

"검은 표식을 받은 자들, 그들은 스스로 깨달은 자들이라고 불렀어요. 그들은 저에게 두 살 된 남자아이를 데려오라고 시켰어요. 그들은 살아있는 아이를…."

남자는 울먹이며 계속 말했다.

"그 아이의 울음소리는…. 끔찍했어요…. 절대 잊을 수 없어요. 그들은 아이가 죽어가는 모습을 보며 웃었어요."

"용기를 내어 진실을 말해줘서 고맙소."

"제발 믿어주세요."

"믿어요. 저도 봤어요." 산티아고가 말했다.

"아마 저는 용서받지 못하겠죠." 남자는 울먹이며 말했다.

"이제 그 악마 같은 자들이 뒤에서 무슨 짓거릴 하는지 확실히 알겠소."

"왜 갓난아기를 죽이는 거죠?" 이스트라가 말했다.

"인간의 피에는 힘이 있다오." 돈키호테가 말했다. "그들은 악마에게 제물을 바치고 있소."

"사람이 그렇게 나쁜 짓도 한다고요? 그게 인간이 할 짓인가요?"

"진실은 숨길 수 없소. 그 무엇으로 감춘다 해도 결국 새어 나오는 것이 진실이오." 돈키호테가 말했다. "나는 목숨을 걸고 모든 것을 폭로한 저 남자를 믿소."

남자는 왕에게 자신을 지켜달라고 부탁했다. 왕은 알겠다고 하면서 남자가 왕궁 안에 머무르는 것을 허락했다. 며칠 뒤 남자는 피를 토하고 죽은 채 발견되었다.

34

—

ᲔᲙᲜᲝ

잠잠해지는가 싶던 전염병이 창궐하면서 사람들이 다시 죽어나가기 시작했다. 왕궁 안에서도 몇몇 사람들이 죽었다. 모두 처음에는 감기처럼 기침하다가 끝내는 피를 토하고 쓰러졌다. 저녁에 왕에게 간청하러 오는 사람들이 점점 많아졌고, 대부분은 전염병을 막기 위해 검은 표식을 받아야 한다고 했다. 그중 몇 사람은 왕의 오른손을 보고 왕에게조차 왜 검은 표식을 받지 않냐고 따졌다. 온 나라에 왕이 검은 표식을 받지 않았다는 소문이 퍼진 것 같았다.

왕궁 안에도 검은 표식을 받은 자들이 있었다. 아니, 대부분이었다. 표식을 받지 않은 자들은 모두 오래된 책을 믿

구름 위에는

는 사람들이었다. 그들은 오래된 책의 마지막 장을 믿었다. 마지막 장에는 마지막 때에 모든 자가 오른손이나 이마에 표를 받게 될 것이라고 쓰여있었다.

이스트라와 돈키호테, 산티아고는 응접실에 모였다.

"대체 검은 표식이 뭐길래 저러는 거죠?" 이스트라가 말했다.

"그들은 검은 표식을 받지 않은 자들이 전염병에 걸리면 표식을 받은 사람들도 위험할 수 있다고 하면서 사람들을 몰아가고 있어요." 산티아고가 말했다.

"검은 표식이 전염병을 막는다고 하지 않았나요? 그런데 지금 사람들 대부분이 표식을 받았지만 전염병이 다시 돌고 있어요. 앞뒤가 안 맞아요."

"맞아요. 조금만 생각해 보면 말도 안 되는 헛소리라는 걸 알 수 있어요." 산티아고가 말했다. "그러나 사람들은 생각을 안 하고 사는 것 같아요."

"사람이 이해가 안 되는 행동을 할 때는 그 이면에 또 다른 진실이 있는 법이오." 돈키호테가 말했다.

"대체 뭐길래…."

"거짓이 있다는 것은 알기 쉬우나 그것이 무엇인지는 알기 어렵소."

"저번에 진실을 폭로한 남자가 죽었어요."

"그들은 아무렇지도 않게 사람을 죽인다오."

돈키호테가 잠시 생각에 잠기더니 말을 꺼냈다.

"아무래도 우리가 나가서 직접 상황을 확인해 봐야겠소. 어떻소?"

"좋아요. 이렇게 가만히 있을 수는 없어요."

"저도 갈게요." 이스트라가 나섰다.

"아뇨, 공주님은 여기 계시는 게 좋을 것 같아요. 아버지께 당부하세요. 뭔지는 모르지만 검은 표식을 받으면 절대 안 된다고."

돈키호테와 산티아고는 검을 챙겨 들고 왕궁 밖으로 나왔다. 두 사람은 언덕을 내려갔다. 햇살은 따뜻했고 거리에는 죽어있는 사람들이 보였다. 처음 사카르트벨로에 왔을 때와 비슷한 풍경이었다. 모두 피를 토한 채 죽은 모습이었다.

길바닥에는 오래된 책이 찢어진 채로 나뒹굴었다. 돈키호테가 눈살을 찌푸렸다. 산티아고는 오래된 책을 주워서 마지막 장을 읽어보았다. 그는 그 책을 몇 번이나 읽었지만, 마지막 장은 도무지 무슨 소리를 하는지 알 수 없었다. 오래된 책의 마지막 장은 누구도 알아보지 못할 정도로 어렵게 쓰여있었다.

"진리의 책을 누가 이렇게 찢었단 말이오!"

"그들의 짓이겠죠."

"아무래도 우리에게 박해의 때가 온 것 같소." 돈키호테가 말했다. "정말 마지막 때요."

"서로 지켜줘야 해요." 산티아고가 말했다. "그렇지 않으면 살아갈 수 없어요."

"그렇소. 두려움에 굴복하면 남는 것은 영원한 두려움뿐이오."

두 사람은 자유 광장에 도착했다. 광장은 사람들로 북적였다. 처음 트빌리시에 왔을 때 수백 명이던 사람들은 수천 명으로 늘어나 있었다. 이곳에는 대부분이 아니라 모든 사람의 오른손이나 이마에 검은 표식이 있었다. 그들은 광장 가운데를 향해 환호성을 질러댔다.

사람이 어찌나 많은지 산티아고는 순간 돈키호테를 놓쳐버렸다. 주변을 살폈지만 돈키호테는 보이지 않았다. 이 많은 사람 속에서 돈키호테를 찾기란 도저히 어려울 것 같았다. 그는 사람들을 뚫고 광장 한가운데로 갔다.

그곳에는 동상 옆에 머리가 짧고 이마가 넓은 남자가 있었다. 그는 나이가 들어 보였는데 동시에 젊어 보이기도 했다. 몇 살인지 가늠이 가질 않았다. 그는 차가운, 모든 걸 아는 듯한 미소를 짓고 있었다. 우리와 같은 존재가 아닌 것 같았다. 인간이 아닌 것 같았다.

엄마로 보이는 여자가 대여섯 살 되는 남자아이를 안고

왔다. 아이는 자는지 죽었는지 움직임이 없었는데 남자가 이마에 손을 얹고 뭐라고 중얼거리자 몇 초 뒤에 아이가 눈을 뜨고 일어났다. 그리고 아이의 오른손에 검은 표식이 생겼다. 여자는 고맙다고 인사한 뒤에 아이를 데리고 사라졌고 사람들은 팰서스라고 외치면서 그에게 열광했다.

그의 부하로 보이는 덩치가 큰 몇 사람이 남자 셋의 손을 묶어 끌고 왔다. 남자들은 왜 잡혀 왔는지 바로 알 수 있었다. 모두 검은 표식이 없었다. 인민재판이 곧 시작되었고 사람들은 입을 모아 그들을 죽이라고 소리쳤다.

세 남자는 아무 말도 하지 않았다. 군중은 검은 표식을 받지 않으면 죽여야 한다고 목소리를 높였다. 소리는 점점 커졌고 그의 부하로 보이는 사람이 칼을 가져와서 왼쪽에 있는 남자부터 검은 표식을 받겠냐고 물어봤다. 남자는 고개를 저었다. 옆에 있던 남자들도 똑같이 고개를 저었다. 부하가 세 명의 남자의 목에 순서대로 칼을 찔러 넣었다. 피가 튀기더니 남자들은 곧 숨을 쉬지 않았다. 사람들은 세 사람이 죽는 장면에 열광했다. 모두 제정신이 아니었다.

팰서스는 모두가 행복한 세상, 더 이상 고통이 없는 세상, 새로운 세상을 세우겠다고 말했고 사람들은 흥분해서 소리를 질렀다.

며칠 사이에 세상이 미쳐 돌아갔다. 생각보다 심각한 상황이었다. 지금 할 수 있는 것은 어서 왕궁에 돌아가서 상황을 알리는 것뿐이었다. 산티아고는 사람들을 비집고 광장에서 빠져나왔다. 다행히 사람들은 모두 팰서스에게 환장한 나머지 산티아고가 검은 표식을 받지 않은 것을 알아보지 못했다.

산티아고는 무사히 왕궁에 도착했다. 해는 붉게 타오르며 서쪽으로 기울었다.

35

—

ყკაკილებით მოგიფენ

태양은 서쪽 너머로 사라졌지만, 아직 어스름한 빛이 남아있는 초저녁이었다. 산티아고는 왕과 이스트라에게 자신이 본 것을 그대로 말했다. 오래된 책이 찢어져 있던 것, 수천 명의 사람이 광장에 모여있던 것, 세 남자가 처형당하는 모습을 보며 사람들이 열광하던 것, 사람들이 모두 광기에 사로잡혀 펠서스의 이름을 외치던 것을 말했다. 왕의 얼굴이 굳었다.

"미쳐버렸군요." 이스트라가 말했다.

"그는 새로운 질서로 새로운 세상을 세운다고 했어요."

"곧 반란이 일어날지도 모르겠어요."

반란이라는 말에 근심 가득하던 왕의 얼굴은 더 어두워졌다. 왕은 시종을 불러 와인을 가져오게 했다. 산티아고도 술을 마시고 싶어서 잔에 와인을 받았다. 그러자 이스트라도 와인을 따랐다. 산티아고는 두 사람과 잔을 부딪치고 와인을 한 모금 마셨다. 왕은 한 번에 다 마셨다.

잠시 후 시종이 음식을 내오며 누가 밖에서 성문을 두드린다는 소식을 전했다. 산티아고가 시종을 따라가 보니 돈키호테였다. 곧 병사가 성문을 열어주었고 돈키호테는 왕궁으로 들어왔다.

"나 없이 만찬을 즐기고 있었소?"

"어쩌면 최후의 만찬일지도 모르겠네요. 하하." 이스트라가 말했다.

"하하."

"이스트라, 그런 말은 하지도 말거라."

"나에게도 잔을 주시오."

이스트라가 시종에게 눈짓을 주자 시종이 와인잔을 가져왔다. 네 사람은 잔을 채우고 부딪쳤다.

"산티아고여, 어디 있었소?"

"돈키호테 씨는요?"

"그대를 찾고 있었소."

"저도요. 그런데 사람이 너무 많아 도저히 찾을 수 없어서 그냥 왕궁으로 왔어요."

"그랬군."

"돈키호테 씨는 밖에서 본 것이 있나요?" 이스트라가 말했다.

"광장에 사람이 많았소. 그들은 거짓된 자의 이름을 외치고 있었소."

"펠서스." 산티아고가 말했다. "그자가 어린아이를 살리는 걸 봤어요."

"그자가 어둠이오?" 왕이 말했다.

"그는 루시퍼의 아들이오." 돈키호테가 말했다.

"사람을 살리는 것이 어둠이오? 사람을 살린다면 빛이 아니오?"

"사탄도 자기를 광명의 천사로 위장한다오. 그들은 목적을 달성하기 위해서라면 어떤 짓도 마다하지 않는 놈들이오. 그들에게 사랑은 없소. 사람을 죽이는 것도, 살리는 것도 모두 그들의 목적을 위해서요." 돈키호테가 말했다. "루시퍼에게서도 빛이 난다오. 그러나 그 빛은 빛으로 보이는 어둠일 뿐이오."

"어떻게 그렇게 확신하는 것이오?"

"나는 오래된 책을 믿는다오." 돈키호테가 말했다. "나는 오래된 책과 세상에 보이는 마지막 때의 징조와 진실을 전하기 위해 목숨 바친 사람들을 믿소."

"나는 잘 모르겠소." 왕이 말했다. "검은 표식을 받은 자들이 미친 것인지, 오래된 책을 믿는 자들이 미친 것인지."

"진실을 전하던 남자가 죽었소."

"그자는 전염병으로 죽은 거 아니오? 그는 피를 토하고 죽었소."

"왕께서는 진실을 분별하셔야 하오. 악마 같은 자들이 죽인 것이오."

"솔직히 세상에 그런 악마 같은 자들이 있다는 것도 못 믿겠소."

"눈을 뜨면 모든 것이 보인다오. 진실을 외면하지 마시오." 돈키호테가 말했다. "우리는 그들과 싸워야 하오."

"그들은 검은 표식을 하지 않은 남자들을 끌고 와서 죽였어요." 산티아고가 말했다. "모두 목이 잘려 죽었어요."

"표식을 받지 않았다고 사람을 죽인단 말이오?"

"그들에게 진실은 중요하지 않소." 돈키호테가 말했다. "그들은 그저 자기 대신 죽을 희생양이 필요한 것뿐이오."

"미쳐버렸군."

왕은 이번에도 와인 한 잔을 그대로 다 마셔버렸다. 취기 때문인지 왕의 얼굴이 점점 붉어졌다.

"아버지, 너무 많이 드시는 건 몸에 안 좋아요."

"뭐 어떻소?" 돈키호테가 말했다. "마지막이 될지도 모르는데."

"하하."

"한 가지 분명한 진실은 어느 날 이 모든 일들을 감사할 날이 올 것이라는 것이오. 모든 것이 하느님의 뜻이오."

음식을 거의 다 먹었을 때, 시종 한 명이 와서 왕에게 나가봐야 할 것 같다고 급히 말을 전했다. 왕은 어지러워 자리에 그대로 앉아있고 이스트라와 산티아고, 돈키호테 세 사람이 확인하러 성문 앞으로 갔다.

사람들 수천 명이 햇불과 무기를 들고 몰려왔다. 끝이 보이지 않았다. 사람들은 왕이 검은 표식을 받았는지 확인해야 한다고 소리치며 돌을 던졌다. 화가 단단히 난 모습이었다. 그들은 계속 왕에게 모습을 보이라며 소리쳤다. 돈키호테가 오늘은 왕을 볼 수 없다고 말했는데, 그 말이 화를 더욱 키웠다. 그들의 목소리는 점점 커졌고 성문이 흔들렸다.

왕이 벌게진 얼굴로 나타났을 때는 왕을 잡아 죽이라는 소리가 가득했다. 왕의 오른손에 검은 표식이 없는 걸 확인한 군중들은 더욱 흥분했다. 그들은 성문을 발로 차고 두들겼다. 그러나 성문은 굳게 잠겨 열리지 않았다. 그러자 사람들은 성문에 기름을 끼얹고 불을 붙였다. 제아무리 두껍고 단단한 성문이라도 나무로 만들어진 이상 어쩔 수 없었다. 조금 뒤 성문은 활활 타올랐다.

36

—

თუ მოგენატრე

성문은 활활 타오르다 무너졌고 그 앞에서 병사들과 군
중이 대치했다. 서로 창과 칼을 겨누고 자리에서 물러서지
않았다. 군중 몇 사람이 던진 돌멩이 몇 개는 병사들을 맞
췄는데, 크게 다치지는 않았다. 군중들은 왕을 잡아 오라고
소리쳤고 왕은 성문 위에서 모든 상황을 지켜봤다.

"아무래도 오늘이 최후 결전의 날인 것 같소." 돈키호테
가 말했다. "내 기사가 된 후로 항상 이 순간만을 기다리고
있었소."

돈키호테는 흥분해서 그렇게 말하고는 어디론가 사라졌다.

부서진 성문을 사이에 두고 양쪽의 대치 상황이 계속되

었다. 그때 한 남자가 칼을 치켜들고 나서며 성문을 넘어 오려고 하자 화살이 쏟아졌다. 그 남자는 화살 세례를 맞고 피를 토하며 불타는 성문 옆에 쓰러졌다. 꿈틀거리다가 곧 움직임이 멈췄다.

"원하는 것이 무엇이냐?" 왕이 말했다.

한 사람이 왕위에서 내려오라고 소리쳤고, 저 멀리에서 는 왕을 죽이라고 소리쳤다. 그러자 여기저기서 왕을 죽이 라는 소리가 커졌다. 왕은 식은땀을 흘렸다. 사람들은 지칠 줄 모르고 계속 소리를 질러댔고, 그들 속에서 팰서스가 나 타났다. 그러자 사람들이 팰서스의 이름을 외쳤다.

팰서스가 불타는 성문 옆에 쓰러진 남자에게 다가가 손 을 얹자, 화살이 남긴 상처가 사라지며 다시 살아났다. 왕 이 병사들에게 팰서스를 향해 활을 쏘라고 명령했지만, 병 사들은 머뭇거리면서 가만히 서있었다. 그러자 왕은 옆에 있던 병사의 활을 뺏어 직접 쐈다. 화살은 팰서스를 빗나가 땅에 꽂혔다.

죽은 사람이 눈앞에서 살아나는 것을 본 군중들은 더욱 열광했고 팰서스가 우리의 새로운 왕이라고 소리쳤다. 소 리는 점점 커졌다. 왕의 얼굴에 두려움이 가득했고 병사들 은 전의를 상실한 것처럼 보였다. 그때 돈키호테가 혼자서 로시난테를 타고 성문 앞으로 나갔다. 그곳에 있던 모든 사람이 돈키호테를 쳐다봤다.

"네놈이 루시퍼의 아들 팰서스인가?"

돈키호테가 팰서스에게 창을 겨누었다.

"창을 내려놓아라." 팰서스가 말했다.

"이 사악한 놈아! 뒤에서 무슨 짓거리를 하는 것이냐?"

"인자는 자비를 원하노라."

"네놈이 뒤에서 하는 짓거리를 알고 있다."

"그대는 무슨 소리를 하는 것인가?"

"뒤에서 입에도 담기 어려운 짓 하는 거 다 알고 있다. 이
놈아!"

"무슨 소리를 하는지 모르겠군."

"시치미 떼지 마라. 내가 알고, 하늘이 알고, 하느님이 알
고 계신다."

"하느님? 그대는 거짓된 책을 믿는가?"

"거짓된 책이라니? 입조심하거라! 진리의 책이다!"

"인자가 책의 주인이니라." 팰서스가 미소를 지으며 말했
다. "율법을 폐하러 온 것이 아니오. 완전하게 하려 함이니라."

돈키호테는 순간 멈칫했다. 돈키호테가 적을 앞에 두고
당황하는 것은 처음 보는 모습이었다. 돈키호테는 눈을 감
고 기도했다.

"오, 내 영혼의 주인이자, 아름다움의 꽃인 둘시네아여,

그대의 기사를 구해주소서."

"하느님이 그대의 기도는 잘 들어주시는가?"

"모든 것은 그분의 뜻에 달려있다."

"나와 함께 새로운 세상을 만들지 않겠나?"

"무슨 일이 있어도 악마와 손을 잡지는 않는다." 돈키호테가 말했다. "악을 무찌르는 것이 기사 된 자의 사명이다."

"내가 악마로 보이는가?" 팰서스가 말했다. "사람들에게 새로운 생명을 주었는데?"

"생명을 주관하는 것은 그분의 권능이다."

"내가 그이니라." 팰서스가 말했다. "내가 곧 길이요 진리요 생명이니라."

팰서스가 미소를 지으며 돈키호테에게 오른손을 보여주었다. 그의 오른손에는 성흔이 있었다. 그는 상황을 즐기는 것처럼 보였다.

"네놈아! 성령을 모독하지 마라!" 돈키호테가 말했다. "더 이상 뱀 같은 소리를 들을 수가 없구나!"

"인자는 자기에 대하여 기록된 대로 가는 것이니라."

돈키호테는 팰서스를 향해 창을 겨누고 로시난테에 박차를 가했다. 팰서스는 피하지 않고 자리에 그대로 서있었다. 그는 죽음을 두려워하지 않는 것처럼 보였다. 죽음을 바라는 것 같기도 했다. 돈키호테가 심장에 창을 꽂을 때까지도 그는 가만히 서있었다. 신의 아들인지 악마의 아들인지 알 수 없는 남자는 쓰러졌고 곧 숨을 쉬지 않았다.

팰서스가 쓰러지자 군중은 쥐 죽은 듯이 조용해졌다. 몇 사람이 가까이 다가가 확인하려고 하자 병사들이 화살을 쏘아 가로막았다. 더 이상 왕을 죽이라고 외치는 사람은 없었다. 왕은 기뻐하면서 안도의 한숨을 내쉬었다. 왕은 성문 위에서 내려다보며 모두 없었던 일로 할 테니 집으로 돌아가라고 소리쳤다. 여기저기서 잡음이 들려왔고 리더를 잃은 군중은 어찌할 바를 몰랐다.

그중 한 명이 팰서스의 시체를 가지고 가도 되겠냐고 물었다. 왕은 잠시 고민하더니 그렇게 하라고 했다. 몇 명이 팰서스에게 다가왔는데 한 사람은 시체를 안고 울기까지 했다. 그들에게는 팰서스가 신의 아들로 보였다. 아니, 신으로 보였다. 죽은 신은, 악마의 얼굴은 편안해 보였다.

그때 갑자기 지진이 일어나 사람들이 동요했다.

37

—

 დამიბრუნდი

구름 사이로 달빛이 보였다. 땅이 크게 흔들려 사람들이 중심을 못 잡고 쓰러졌다. 죽은 펠서스 앞에서 땅이 갈라졌다. 갈라진 틈이 점점 더 크게 벌어지더니 사람들이 비명을 지르며 안으로 떨어졌다. 이윽고 그 속에서 거대한 짐승이 포효하는 소리가 솟구쳤다. 웅성거리던 사람들이 조용해졌다. 소리가 점점 가까워졌다.

갈라진 땅 밑 어둠 속에 두 개의 붉은 점이 보였다. 곧이어 짐승의 커다란 발이 나왔고 붉은 눈의 검은 용이 모습을 드러내었다. 검은 용은 땅에서 기어 나오더니 기지개를 켜듯 커다란 날개를 폈다. 발톱 하나가 사람 크기만 했다.

용이 달을 바라보며 포효했고 사람들은 두 손으로 귀를 막았다. 검은 용은 소리만으로 공포를 자아냈다. 소용없겠지만 병사들은 용에게 화살을 쏠 용기도 나지 않았다. 얼어붙어서 지켜볼 뿐이었다. 산티아고도 돈키호테도 넋을 놓았다. 수천 년을 살았을지 모르는 거대하고 검은 짐승은 신비함을 넘어 경이롭기까지 했다. 누가 감히 이 거대한 짐승을 막을 수 있을까?

검은 용은 이리저리 두리번거리더니 바로 앞에 쓰러져 있던 팰서스에게 얼굴을 갖다 대었다. 그리고 킁킁거리다가 그에게 숨결을 불어넣었다. 용의 코에서 검은 연기가 나와서 팰서스의 코로 들어갔다. 그에게 검은빛이 나더니 곧 사라졌다.

팰서스는 다시 살아났다. 이전과 분위기가 달랐다. 그는 인간이 아니었다. 신이거나 악마였다.

사람들 모두 그가 다시 살아나는 걸 지켜봤다. 군중 한 명이 팰서스의 이름을 외치자 곧 모두가 그의 이름을 외쳤다. 소리는 점점 커졌다.

"나는 스스로 존재하는 자이니라."

"네놈 거짓의 아비 루시퍼야! 더러운 입으로 하느님을 모독하지 마라!"

"그대에게 마지막으로 기회를 주노라."

구름 위에는

"악마에게 굴복하느니 진리를 위해 죽을 것이다!"

돈키호테는 팰서스를 향해 창을 겨누었다. 제아무리 검은 용이라도 돈키호테에게 두려운 감정을 일으키지는 못했다. 돈키호테는 창을 겨누고 로시난테에 박차를 가해 달려갔다. 팰서스에게 가까이 다가가자 검은 용이 붉은 불을 내뿜었다. 거대한 화염이 돈키호테를 감쌌다.

"돈키호테 씨!"

산티아고가 소리쳤으나 그것이 돈키호테의 마지막 모습이었다. 돈키호테는 순식간에 재가 되었다. 세상에 존재하지 않았던 것처럼 흔적도 없이 사라졌다.

돈키호테가 한 줌의 재가 되어 사라지는 모습을 보자 그들은 더욱 열광했다. 군중은 팰서스의 이름을 외치면서 그를 용의 선택을 받은 자라고 추켜세웠다. 그리고 새로운 세상이 왔다고 하면서 흥분해서 소리 질렀다. 왕의 병사들도 검은 표식을 받은 자들은 하나둘씩 무기를 내려놓았다. 거의 전부가 무기를 내려놓은 셈이었다. 왕은 이미 체념한 것 같았다.

팰서스는 성문 안으로 들어갔다. 병사들은 그를 막지 않았다. 무기를 버리고 그에게 무릎을 꿇었다. 오래된 책을 믿는 자들만 끝까지 무기를 들고 있었다.

"나의 사랑하는 자들아, 내게로 오라. 내가 너희를 쉬게 하리라." 팰서스가 말했다.

팰서스가 인자한 미소를 지었다. 검은 표식을 받지 않은 얼마 되지 않는 병사 중에서도 몇 명이 무기를 내려놓았다. 끝까지 무기를 들고 있는 자는 별로 없었다.

팰서스가 아직 무기를 들고 있는 두 명의 병사에게 손을 내밀었다. 그중 한 병사는 고민하다가 팰서스의 손을 잡았고 곧 그의 오른손에 검은 표식이 생겼다. 옆에 있던 병사는 스스로 목에 검을 쑤셔 넣어 목숨을 끊었다.

사람들은 검은 표식을 받지 않은 자들을 잡아서 팰서스에게 데리고 갔다. 겨우 열댓 명 정도였다.

"산티아고 씨, 도망쳐야 해요!" 이스트라가 말했다.

"어디로요? 밖에 사람들이 많아요."

"저를 따라오세요!"

산티아고가 이스트라를 따라가는데 병사 한 명이 여기에도 표식을 받지 않은 자가 있다고 소리치며 쫓아왔다. 두 사람은 곧 병사 여덟 명 정도에 둘러싸였다. 산티아고는 병사들이 다가오지 못하도록 푸른 검을 들어 올렸다. 그렇게 몇 분 동안 대치하는 상황이 이어졌다.

팰서스가 병사들에게 검을 내려놓으라고 말하며 두 사람에게 다가왔다. 산티아고는 그에게 검을 겨눴다.

"산티아고." 팰서스가 말했다.

"내 이름을 어떻게 알지?"

"그대의 소리를 들었노라."

"뭐라고?"

"그대의 슬픔을 아노라."

"헛소리하지 마."

"그대가 누군가를 위해 목숨 바치는 것을 보았노라." 팰서스가 말했다. "누군가를 기다리는 것도."

"…."

팰서스는 미소를 짓고 있었다. 차가운지 따듯한지 알 수 없는, 그러나 거부할 수 없는 미소였다. 그는 산티아고를 향해 손을 내밀었다.

"새로운 세상이 열릴 것이다."

"새로운 세상?"

"그대가 원하는 모든 것을 주겠다."

"…."

"더 이상 슬픔과 고통은 없을 것이다."

산티아고는 순간 멍해져 저항하지 못했다. 그 틈에 병사들이 두 사람을 끌고 가 지하 감옥에 가두었다.

38

—

ↄ

햇불이 노란 조명처럼 지하를 밝히며 활활 타올랐다. 산티아고는 감옥 벽에 기대어 앉아있었다. 병사 두 명이 감옥 앞을 지키고 있었다. 옆에는 같이 붙잡혀 온 이스트라가 있어서 외롭지는 않았다. 그들은 산티아고 혼자서는 아무것도 할 수 없다고 생각했는지 푸른 검도 빼앗지 않고 그대로 뒀다. 푸른 검에 햇불이 비쳐 반짝였다.

내일까지라고 했다. 그는 모든 것을 알고 있었다. 그는 모든 것을 주겠다고 했다. 사람들이 왜 그에게 열광하는지 이해가 갔다.

"자요?" 이스트라가 말했다.

"아뇨. 안 자는 거 알잖아요."

"결국 이렇게 되어버렸네요."

"그러게요."

"그래도 둘이 있어서 좋네요. 노란 조명도 있고. 하하." 이스트라가 말했다. "혼자였으면 심심했을 텐데."

"헷갈려요."

"뭐가요?"

"그가 누구인지."

"그?"

"팰서스요."

"아까 둘이 뭐라고 했는지 물어봐도 돼요?"

"모든 걸 알고 있었어요."

"모든 것이요?"

"저의 가장 소중한 기억이요." 그가 말했다. "그리고 모든 것을 주겠다고 했어요."

"모든 것을 주겠다…. 정말 달콤한 유혹이네요."

"제가 바라는 것은 하나밖에 없어요. 그런데 그것을 주겠다고 하니까 순간 아무 생각도 안 들었어요."

"사람은 누구나 그래요. 저의 어린 시절 스승님이 그랬어요. 너무 달콤한 것은 이를 썩게 한다고." 이스트라가 말했다. "그는 악마예요."

"그것이 거짓인지 알면서도 거짓으로라도 가지고 싶은 게 있다면 어떻게 해야 할까요?"

"글쎄요. 모르겠네요. 저는 뭔가를 그렇게 바라본 적이 없어서." 이스트라가 말했다. "음, 거짓으로 뭔가를 가진다면 언젠가 먼지처럼, 모래처럼 사라질 것 같아요."

"모래처럼…."

새로운 병사 두 명이 오더니 원래 있던 병사들과 교대했다. 새로 온 병사들은 졸렸는지 연신 하품했다. 어디선가 새어 들어온 바람에 횃불이 살짝 흔들렸다.

"죽는 거 무서워요?" 이스트라가 말했다.

"막상 죽으라고 하면 무섭겠지만, 이상하게 지금은 별로 무섭지 않네요." 그가 말했다. "죽는 것보다 어떤 사람을 다시는 못 만날까 봐 그게 더 무서워요."

"어떤 사람?"

"있어요. 그녀가. 항상. 제 마음속에."

"많이 사랑했나 봐요."

"그녀 대신 죽으려고 했어요."

"어머나, 로맨틱해라."

"그녀에게 상처를 줬어요. 절대 아프게 하고 싶지 않았는데."

"어떤 상처를?"

"말하기 복잡해요."

　　　　　구름 위에는

"언젠가 다시 만날 거예요."

"그녀는 모를 거예요. 내가 얼마나 사랑하는지."

"진심은 닿을 거예요." 이스트라가 말했다. "모든 이야기는 해피엔딩이거든요."

"하하. 그랬으면 좋겠네요." 그가 말했다. "어떤 할아버지도 똑같은 소리를 했어요. 모든 이야기는 결국 해피엔딩이라고."

"할아버지요?"

"있어요. 이상한 할아버지." 그가 말했다. "그 할아버지가이 세상은 멋있게 죽는 사람들을 위한 것이라고도 했어요."

"마치 우릴 위한 말인 것 같네요. 하하."

"공주님은 안 무서워요? 죽는 거?"

"모르겠어요."

"별로 무서워하지 않는 것 같아요."

"이야기를 믿거든요."

"이야기요?"

"착한 사람들은 죽으면 가장 행복했던 시절로 돌아가 그곳에서 영원히 산대요." 이스트라가 말했다. "영원히."

"그런 곳이 있다면 그곳은 아마 천국일 거예요."

"천국을 믿어요?"

"오래된 책에 쓰여있어요."

"오래된 책을 믿지는 않지만, 이야기들이 힘이 되네요."

"멋있게 죽어요. 우리."

"그래요. 하하."

"있을 거예요. 하늘나라. 저 멀리 어딘가에."

"어딘가에…."

39

—

이버03

병사 한 명이 와서 잠들어 있던 산티아고를 흔들어 깨웠
다. 오른쪽 어깨에 이스트라가 기대어 자고 있었다. 그는
팔꿈치로 조심스럽게 이스트라를 흔들었다. 이스트라가 눈
을 뜨더니 눈을 비비며 하품했다. 아직 졸린 듯이 보였다.

둘이 깨자 병사는 감옥에서 나오라고 했다. 지하 감옥이
라 햇살이 들지 않아 지금이 몇 시인지 가늠할 수가 없었
다. 병사는 감옥의 다른 방에서도 몇 명을 불러 한데 모았
다. 모인 사람은 열댓 명 정도였는데 모두 검은 표식을 받
지 않은 자들이었다. 모두 지치고 피곤한 표정이었다.

성 밖으로 나왔는데도 세상은 어두웠다. 하늘에는 잿빛

구름에 가려 태양이 보이지 않았다. 비는 오지 않았다. 병사들은 사람들을 손도 묶지 않고 끌고 갔다. 언덕을 내려가 자유 광장에 도착하자 수천 명은 족히 될 것 같은 사람들과 검은 용이 있었다. 그리고 악마도 있었다.

그는 검은 표식을 받지 않은 자들에게 한 명씩 광장 중앙에 나오라고 했다. 맨 앞에 있던 흰머리의 늙은 남자가 앞으로 나갔고, 악마는 그에게 뭐라고 말하면서 손을 내밀었다. 사람들이 웅성거리는 소리에 악마의 말은 잘 들리지 않았다. 잠시 뒤 펠서스가 손짓을 하자 검은 용이 화염을 내뿜었고 남자는 재가 되어 사라졌다. 가까이에서 남자가 사라지는 모습을 본 어떤 젊은 여자는 눈물을 흘렸다. 옆에서 다른 여자가 울고 있는 여자를 안아주었다.

두 번째로 앞에 나간 젊은 남자는 펠서스의 손을 잡았다. 그의 오른손에 검은 표식이 생겼다. 누구도 그를 비난할 수 없었다. 사람들은 저마다의 기준으로 선택을 이어갔고, 곧 일곱 번째에 있던 산티아고의 차례가 되었다. 산티아고는 푸른 검에 손을 얹고 기도했다. 그리고 광장 앞으로 나갔다.

"죽여. 이미 각오한 일이야."

"그대에게 기회를 주는 것이다."

"무섭다고 악마에게 굴복하지는 않아."

"나에게 악마라고 한 것인가?"

"나는 네가 싫어. 네가 거짓말쟁이라는 것을 알고 있어."
그가 말했다. "뒤에서 무슨 짓거릴 하는지도."

"왜 나를 미워하는 거지? 인간을 사악한 신에게서 벗어
나도록 자유를 주었는데?"

"사악한 신? 오래된 책의 그분을 말하는 건가?"

"거짓된 책에 나오는 그를 말하는 것이다."

"그분은 가끔 사이코패스 같긴 해도 사악하지는 않아."

"그대는 프로메테우스에게 돌을 던지겠나?"

"프로메테우스? 너는 자신을 그렇게 생각하나 보지?"

"인자의 고귀한 희생으로 인간은 신과 같이 되었노라."

"신? 악마겠지." 그가 말했다. "인간을 빛으로 보이는 어
둠으로 끌고 가는 것. 그것이 네가 바라는 것이겠지."

"그대는 나의 희생으로 누리는 자유를 모르고 있군. 열매
를 먹지 않았다면 인간은 지금도 짐승처럼 살았을 것이다."

"인간은 짐승이었던 적이 없어. 아무것도 모르는 순수한
어린아이였던 적은 있어도."

"그대가 에덴에서의 일을 어떻게 아는가? 나는 모든 것
을 보았노라."

"신은 금지된 것을 하면 안 된다고 하고 악마는 모든 것
을 해도 된다고 유혹하지."

"나는 무지한 인간에게 자유를 주었다."

"모든 것을 할 수 있는 것이 자유가 아니야. 진정한 자유는 진리 안에 있어."

"사악한 그의 말이 진리라고 하는 것인가?"

"진리는 그렇게밖에 정의할 수 없어."

"내가 진정한 자유를 주겠다."

"자유를 준다면서 왜 검은 표식을 받으라는 거지? 그것이 네가 말하는 자유인가?"

"표식을 받지 않는 것도 그대의 자유이니라."

"사람들의 목숨을 가지고 협박하는군."

군중은 팰서스의 이름을 외쳤다. 그들에게 생명과 죽음은 반대로 보였다. 그들은 죽음을 가져다준 악마에게 박수를 보내며 환호성을 질렀다. 신나서 휘파람을 부는 사람들도 있었다. 그러나 그들을 지배하는 것은 사랑이 아니었다. 두려움이었다.

"들리는가?"

"사람들은 너를 사랑하지 않아. 그들은 그저 죽음이 두려울 뿐이야."

"그대는 죽음이 두렵지 않은가?"

"무섭지 않다면 거짓말이겠지. 나는 말하고 싶을 뿐이야. 죽음을 이길 수 있는 것이 있다는 진실을. 인간이 무엇을 위해 죽어야 하는지를."

"이미 이천 년 전에 실패한 일이다."

"헤밍웨이가 말했지. 인간은 패배하기 위해 창조되지 않았어." 그가 말했다. "나는 그를 기억해. 그는 파괴되었지만 패배하지 않았어."

"인간들은 더 이상 그를 기억하지 않을 것이다."

"네가 그의 모습으로 왔으니까. 순진한 사람들은 너를 보며 그를 기억하겠지. 어둠을 기억하겠지. 빛으로 보이는 어둠. 그러나 모든 것이 그의 뜻대로 될 거야. 모든 것은 쓰인 대로 될 거야. 책에 기록되어 있어. 영원히 존재하는 모든 것 중에 제일은 사랑이라고."

"인자는 사랑하는 이들과 이 땅에서 영생을 누릴 것이다." 팰서스가 말했다. "그대도 악으로부터 돌이켜 인자에게로 오기를 바라노라."

"사랑은 영원히 존재할 거야. 거짓된 사랑도. 진실된 사랑도. 사람들은 거짓을 보며 진실이라고 말하겠지. 지금 너에게 열광하는 것처럼."

군중 사이에서 작은 돌멩이가 하나 날라와 산티아고의 이마를 맞췄다. 자그마한 상처에서 피가 났다.

"하하. 화가 많이 났나 보네. 진실은 사람들을 체념하게 하거나 분노에 사로잡히게 하니까. 진실을 마주할 용기를 가진 사람은 세상에 별로 없어."

"그대에게 마지막 기회를 주노라."

"죽여. 누구보다 슬픈 삶이었지만, 누구보다 행복한 삶이기도 했어. 사랑을 배웠거든." 그가 말했다. "그녀가 모든 것을 견디게 했어."

군중들은 화를 내고 욕지거리하면서 산티아고를 죽이라고 소리쳤다. 죽이라는 그들의 소리는 점점 거세졌다. 그들에게 이성은 없었다. 그들은 희생양이 필요했다. 팰서스가 검은 용에게 손짓하자 용이 산티아고를 향해 커다란 입을 벌렸다. 산티아고는 두 손으로 푸른 검을 쥐었다. 곧 용의 입에서 붉은 화염이 나와 그의 온몸을 덮었다. 아무 소리도 들리지 않았다. 그는 눈을 질끈 감았다.

40

—

შემიყვარე

그는 빛으로 가득한 곳에서 눈을 떴다. 물 위에 누워있었지만 가라앉지 않았다. 태양이 없었지만, 빛은 있었다. 아름답고 눈이 부시지 않았다. 그는 아무 생각도 하지 않고 누워있었다. 혼자였지만 외롭지 않았다. 평안했다.

그는 일어나서 빛이 있는 곳으로 걸어갔다. 잔잔한 수면 위에 발자국이 동그란 물무늬가 되어 퍼져나갔다. 주변에는 아무것도 보이지 않았다.

그는 빛을 향해 걸었다. 한 시간이 흘렀는지 열 시간이 흘렀는지 알 수 없었다. 마치 시간 위에 존재하는 듯이, 시간이 느껴지지 않았다. 그는 계속 걸었다.

저 멀리에 물 위에 떠 있는 나무와 벤치가 보였고 한 사람이 앉아있었다. 그는 그곳으로 다가갔다. 연분홍색 꽃잎이 흩날렸다. 조금 더 다가가자 누구인지 보였다. 노인이었다. 노인은 웃고 있었다. 옆에 책 한 권이 놓여있었다. 그는 노인에게 물어볼 것이 산더미 같았다.

"기다리고 있었네."

"여기는 어디인가요?"

"아름답지 않나?"

"천국 같아요."

"하하. 그런가?"

"할아버지는 누구인가요? 어떤 존재인가요?"

"자네도 알지 않나." 노인이 말했다. "미친 늙은이라네."

"하하. 잘 아시네요. 미친 거."

"같이 걷겠나?"

"좋아요."

노인은 벤치에서 일어났다. 둘은 빛을 향해 걸었다.

"어쩐지 사람 같지 않았어요."

"사람인 척하느라 힘들었네." 노인이 껄껄대며 웃었다.

"별로 사람인 척하지도 않은 것 같은데요. 뭘." 그가 말했다. "제가 죽은 건가요?"

"보통 사람은 용의 불에 맞으면 죽지. 육신은 재가 되어

구름 위에는

서 사라진다네."

"상상했던 것과는 다르네요. 이런 게 죽음이라면…. 죽을 만하다는 생각이 들어요."

"아팠나?"

"그냥 조금 뜨거웠어요."

"내가 사랑하는 자들을 죽을 만큼 아프게 할 것 같은가?" 노인이 말했다. "적당히 아프게 할 것이네. 죽는데 하나도 안 아픈 것도 이상하지 않겠나."

"사이코패스 같아요."

"무서웠나?"

"죽음이 무섭지 않은 인간이 어디 있겠어요."

"그래도 재밌지 않았나? 무서워야 재밌지 않은가? 그게 무서움의 존재 이유가 아니겠나?"

"하…. 정말 못 말리겠네요." 그가 말했다. "할아버지가 사이코패스라는 걸 모든 사람이 알아야 할 텐데요."

"내 이름은 하나지만 사랑을 담아 불러준다면 어떤 이름이든 환영이네. 사이코패스라고 불러도 괜찮아."

"중간에 저와 돈키호테 씨만 놓고 사라지신 이유는 뭔가요?"

"내가 용을 무찌르면 무슨 재미겠나. 내가 만든 세상에서 내가 주인공을 하면 무슨 재미겠나. 나는 언제나 여기서 주인공들을 응원하고 있다네. 모든 사람이 자네의 영화를 봤어. 자네는 여기서 슈퍼스타라네."

"조금 부담스럽네요. 제가 뭘 한 것도 없는데. 용을 만나고 도망치기까지 한 걸요."

"그런 것은 상관없네. 인간이 항상 멋있을 수는 없지 않은가. 자잘한 잘못은 묻지 않을 것이네. 중요한 것은 마지막에 하는 선택이야." 노인이 말했다. "위대한 선택을 할 때 인간은 다시 태어나네."

"결국 용을 죽이지 못했어요."

"자네는 죽음을 이길 수 있는 것은 죽음뿐이라는 걸 보여주었네. 자네를 따라서 죽고자 한 자들은 살 것이고 살려고 했던 자들은 죽을 것이네. 사람들은 자네의 이야기를 영원히 기억할 거야."

"돈키호테 씨는 뭘 하고 있나요?"

"저세상에서도 세상을 구하고 있지."

"돈키호테 씨답네요."

"할 일이 많아. 할 일이 있다는 건 귀찮지만 아예 없으면 사는 재미가 없지 않겠나? 작은 일을 했던 사람은 큰일을 하게 될 것이고 큰일을 했던 사람은 더 큰일을 하게 될 것이네. 구름 위의 세상은 땅 위의 세상과 비슷하겠지만 더 이상 거짓과 슬픔과 두려움은 없을 것이네." 노인이 말했

구름 위에는

다. "모든 것이 제자리로 돌아갈 거야."

"검은 용의 표식을 받은 자들…. 그들은 어떻게 되나요?"

"아무것도 모르는 순진한 자들이 무슨 잘못이 있겠나. 그런 쓰레기 같은 걸 받게 한 놈들이 쓰레기지. 표식을 받든 말든 상관이 없네. 그들에게는 그들의 이야기가 있을 것이네. 표식을 받지 않고 죽는 건 어려운 길처럼 보이지만 사실은 쉬운 길이라네. 중요한 건 나쁜 짓을 하지 않는 거야. 자신이 살기 위해 남을 죽이는 일도 나쁜 짓이라네. 그 누구라도 변명은 통하지 않아."

산티아고는 노인을 바라봤다. 눈이 왠지 슬퍼 보였다. 노인이 계속해서 말했다.

"악마에게 영혼을 판 자들에게 말하고 싶군. 모든 사람에게 주어진 시간은 죽기 직전까지 또는 하늘이 열리기 직전까지라는 것을. 모든 것을 밝히고 진심으로 뉘우친다면 무슨 짓을 했더라도 용서받을 수 있다는 것을." 노인이 말했다. "혹시 모르지 않는가. 용서받지 못할 죄를 지었어도 용서받을 수 있을지. 그들의 이름은 깨달은 자들이 아니네. 악마에게 속은 자들이지."

"그들은 악마에게 열광하고 있었어요."

"루시퍼가 사실은 멋있는 친구라는 사실을 믿겠나?"

"네? 그게 무슨 소리죠?"

"감히 신에게 도전하다니 멋있지 않은가? 하하." 노인이 말했다. "사실 루시퍼도 나의 충직한 종이라네. 자기 맡은 일을 열심히 할 뿐이야. 그 말은 나쁜 놈들의 편은 하나도 없다는 것이네. 천사도 악마도 나쁜 놈들의 편이 아니야. 그들은 불쌍한 자들이네. 그들은 모든 일이 끝나면 나의 종 루시퍼에게 많이 혼날 것이네."

"루시퍼에게 충성한 자들이 루시퍼에게 혼날 것이라는 말씀이신가요?"

"그렇네."

"아이러니하네요."

"영원히 또는 영원이라는 시간이 끝날 때까지. 그게 루시 퍼의 역할이야."

"불쌍해요."

"그들 스스로 선택한 길이네. 나는 돌이켜 회개할 기회를 수도 없이 주었어. 특히 그들에게는 수많은 기회를 주었네. 그중에는 목숨 또는 더한 것을 걸고 진실을 밝힌 자들도 있 었지." 노인이 말했다. "각자가 그의 몫을 받을 것이네."

"그들은 아마 자기들이 이겼다고 생각하겠죠."

둘은 계속 걸었다. 연분홍색 꽃잎이 그의 머리를 스치고 떨어졌다. 물 위에 꽃잎이 떠다녔다.

"사람들은 자네를 사랑에 미친 사람으로 기억할 거야."

"맘에 드네요. 사랑에 미친 사람." 그가 말했다. "모든 사람이 알았으면 좋겠어요. 사랑에 미치면 재밌는 일들이 일어난다는 것을."

"자네만 알기 아깝지 않은가?" 노인은 웃었다.

"그 책을 믿어야 하나요?"

"이 책 말인가? 아닐세. 이 책은 그저 진리를 적어놓은 것에 불과하네. 진리를 추구하는 사람들에게 길잡이가 되는 것이 이 책의 역할이야. 이 책을 믿는 것도 좋지만 그것보다 훨씬 더 중요한 게 있네."

"…그게 뭐죠?"

"사랑을 믿는 것이네. 우리는 언제나 두려움이 아닌 사랑을 믿어야 하네. 모든 것이 사랑 이야기 아니겠나. 나는 웃긴 사랑 이야기, 슬픈 사랑 이야기, 무서운 사랑 이야기, 아름다운 사랑 이야기를 위해서 세상을 만들었네. 나는 이 책을 믿는 사람을 좋아하는 게 아니야. 내가 좋아하는 사람은 착하고, 진실되고, 용기 있는 사람들이네. 이 책을 아예 한 장도 읽어보지 않았어도 괜찮아. 그런 것은 상관없어."

둘은 처음 만났던 벤치에 도착했다. 벤치 위에도 물 위에도 꽃잎이 흩날렸다.

"자네의 이야기는 어땠나? 자네를 위해 내가 준비한 이야기가 맘에 드나?"

"재밌었어요. 저는 그냥…. 그녀를 만나지 못해서요. 그게 아쉬워요." 그가 말했다. "이곳에서 그녀를 기다려도 되나요?"

노인은 아무 말 없이 웃었다. 산티아고는 웃음의 의미를 알 수 없었다.

아름다운 곳에서 사랑하는 사람을 영원히 기다린다면 그곳은 천국일까? 지옥일까? 그는 생각했다. 이야기는 어떻게 끝나게 되는 걸까? 이상해. 너를 생각해도 슬프지 않아. 이제 더 이상 눈물이 흐르지 않을 것 같아. 아마 이곳이 천국인가 봐. 별로 착하게 산 것 같지 않은데 나의 어떤 모습이 신의 마음에 들었는지 천국에 왔나 봐. 이곳이라면 영원히 너를 기다릴 수 있을 것 같아. 더 이상 너에게 바라는 건 없어. 그냥 만나면 하고 싶은 말이 있어. 보고 싶어.

"무슨 생각을 그렇게 하나? 이야기가 어떻게 끝날지 궁금한가?"

"제 생각을 읽으신 건가요? 신이라고 그러시면 안 되죠. 프라이버시가 있는데."

"자네 얼굴에 다 쓰여있네." 노인이 웃으며 말했다.

"저는 이제 어떻게 되는 거죠?"

"이리로 와보게."

노인이 손짓했고 산티아고는 그쪽으로 다가갔다. 노인이 손바닥을 펴자 흩날리던 연분홍색 꽃잎 하나가 사뿐히 내려앉았다. 꽃은 세상에서 보던 어느 것과도 비교할 수 없을 정도로 아름다웠다.

"세상의 모든 영광으로도 이 꽃 하나만 같지 못하였네."

노인은 그렇게 말하면서 꽃잎을 그에게 주었다. 그는 꽃잎을 잠시 바라보다가 두 손으로 꼭 감싸 쥐었다. 꽃잎에서 따듯한 빛이 났다.

"아름다워요. 그녀만큼."

"하하."

"그녀를 만나면 이 꽃을 줄 거예요."

"그러겠나?"

"이곳에서 기다릴게요."

노인은 미소 지었다.

"이제 그만 돌아가게."

"네?"

"이야기는 아직 끝나지 않았어."

노인은 한 손으로 그의 이마를 살짝 밀었고 그는 뒤로 넘어갔다. 두 발로 물 위에 떠 있던 그는 풍덩 소리를 내며 물속에 빠졌다. 물속에서 노인이 흐릿하게 보였다. 그는 깊은 곳으로 내려갔다.

41

—

ძველებურად

하늘은 잿빛 구름으로 가득했다. 그가 눈을 떴을 때 푸른 빛이 그를 감싸고 있었다. 이윽고 검은 용이 뿜은 붉은 화염이 푸른빛과 함께 사라졌다. 산티아고는 상처 하나 입지 않았다. 검에서 계속 푸른빛이 났다. 그는 온 힘을 다해 팰서스에게 검을 던졌다. 팰서스의 심장을 향해 날아갔으나 용의 날개를 맞고 튕겨 나와 바닥에 떨어졌다. 그러나 검은 여전히 푸른빛을 띠었다. 어느 순간에도 사라지지 않는 희망처럼.

그때 바닥에 떨어진 검에 푸른 번개가 쳤다. 그리고 천지가 진동하듯 천둥소리가 났다. 웅성거리던 사람들이 모두 숨죽이고 하늘을 올려봤다. 구름 사이로 거대한 무언가가 나타났다. 용의 발이었다. 두 발이 구름을 가르며 얼굴을 내밀었다. 곧이어 푸른 눈의 백룡이 모습을 드러냈다. 뒤에는 태양이 밝게 비추었다. 눈부셨다.

맑고 흰빛에 가까운 비늘에 옅은 푸른빛을 띠는 용이었다. 형언할 수 없는 아름다움에 사람들은 눈을 뗄 수 없었다. 백룡은 사람들에게 화답이라도 하듯 크게 울부짖었다. 사람들은 입을 벌리고 빛나는 용을 바라봤다. 모든 이가 보았다. 그를 부정한 자들도. 그를 찌른 자들도.

어둠의 용과 빛의 용은 서로를 노려보며 포효했다. 누가 인간이 모든 생명 위에 있다고 했던가. 두 거대한 고대 생물 앞에서 다른 것들은 존재 자체가 무의미했다.

땅 위에 있던 검은 용이 날개를 펴고 하늘을 향해 위협적으로 포효했다. 백룡도 검은 용을 몰아낼 기세로 울부짖으며 맞섰다. 두 용의 신경전에 사람들은 귀가 찢어질 듯 아팠다.

검은 용이 날개를 세차게 저으며 구름 바로 아래까지 날아올랐다. 두 마리 용은 구름 아래에서 서로를 바라보며 빙글빙글 돌았다. 푸른 불꽃과 붉은 불꽃이 하늘을 뒤덮었다.

사람들은 감히 끼어들 수 없는 싸움이었다. 화살을 쏘아봤자 닿지도 않았을 것이다. 검은 표식을 받은 자들은 하늘을 향해 욕지거리를 해댔다. 그들은 이미 알고 있었다. 어둠은 빛을 이길 수 없다는 것을. 그런데도 그들은 어둠에서 돌아서지 않았다. 빛이 사라지기를 바랐다. 화가 나서 소리 지르던 한 남자는 잠시 땅에 내려온 검은 용의 발에 깔려 죽었다.

빛과 어둠은 영원히 끝나지 않는 이야기처럼 마치 서로에게 필요한 존재라도 되는 듯이 구름 아래를 날아다녔다. 푸른 화염과 붉은 화염이 한가운데에서 만나 사방으로 퍼졌다. 불꽃이 피는 순간만큼은 거대한 빛도, 그에 대항하는 어둠도 아름다워 보였다. 마치 천상에나 있을 법한 한 폭의 그림 같았다.

두 용은 땅을 디뎠다. 자세를 낮추고 네 발로 살금살금 기면서 틈을 노렸다. 검은 용이 백룡을 기습하여 꼬리를 물려고 했지만, 백룡은 슬며시 피했다. 그러면서 내뿜은 푸른 화염에 몸통을 맞고 검은 용이 바닥에 뒹굴었다. 백룡은 이 틈에 검은 용에게 달려들려 했으나 검은 용이 바로 자세를 잡고 포효했다. 두 마리 용은 다시 원을 그리며 서로에게 으르렁거렸다.

검은 용이 백룡의 한쪽 발을 물어뜯었다. 발이 뜯겨 나가고 백룡이 울부짖었다. 고통스러워할 여유도 없이 검은 용이 달려들었고, 두 용은 서로의 목을 물었다. 그리고 날아올랐다. 저 멀리 끝까지 올라가 구름 위로 사라졌다.

산티아고는 기도하는 사람들을 보았다. 그들은 어둠을 위해 기도했다. 온 세상이 어둠에 덮이도록 기도했다. 그들은 돌이키지 않았다.

그들은 어둠이 빛을 이길 수 있다고 생각할까? 아니면 자신들이 빛이라고 생각할까? 아마 자신들이 빛이라고 생각하겠지. 바보들. 루시퍼에게 속은 것도 모르고. 너희들을 위해 기도하지 않을게. 불쌍하지도 않아.

몇 분 동안 상황이 어떻게 돌아가는지 알 수 없었다. 구름 위에서 푸른빛과 붉은빛이 반짝였다. 굉음이 나더니 두 마리 용이 서로 뒤엉킨 채 추락했고, 쿵 소리를 내며 땅에 부딪혔다.

흙먼지가 걷히고 눈에 들어온 건 빛나는 푸른 눈이었다. 백룡이 검은 용의 목을 꽉 움켜 밟고서 크게 울부짖었다. 검은 용은 바둥대면서 몸부림쳤지만 헛수고였다. 이윽고 백룡은 검은 용의 목을 물어뜯었다. 마침내 검은 용이 움직임을 멈췄고 백룡은 다시 한번 하늘에 대고 포효했다.

빛은 어둠 속에서 빛났고 어둠은 빛 속에서 사라졌다.

검은 용은 연기가 되어 사라졌다. 악마도 사라졌다. 잿빛 구름에서 비가 내렸고 검은 표식이 비에 젖어 흘러내렸다.

42

—

ბელოდები

며칠이 지났다. 산티아고는 루스타벨리 거리를 걷고 있었다. 트빌리시의 자연은 아름다웠고 햇살은 눈부셨다. 극장과 교회 앞을 지나가는데 아직은 뜨겁지 않은 날씨를 즐기는 사람들이 많았다. 여름이 오기 전 바람은 선선했고 하늘에는 솜털 같은 구름이 흩어져 있었다.

악마에게 영혼을 판 사람들은 검은 용이 죽은 그날에 같이 사라졌다. 사람들의 오른손과 이마에 있던 검은 표식도 다 사라졌다. 미쳤던 사람들은 제정신을 찾았다. 모든 것이 제자리로 돌아왔다.

악마가 사라지자, 두려움이 사라지자 그제야 사람들은

진실을 말했다. 여기저기서 전염병을 퍼뜨린 것이 팰서스라고 폭로하는 소리가 들렸다. 사람들은 살아있는 갓난아기를 제물로 바친 것도 모두 그들의 짓이었다고 말하며 용기를 내어 진실을 말하지 못해 미안하다고 했다. 검은 표식이 무엇이었는지 정확히 아는 사람은 없었다. 사라진 사람들 가운데에는 아는 사람이 있을지 몰랐다.

사람들은 그날을 영원히 기억할 것이었다. 푸른 눈의 백룡은 모든 어둠을 없애고 구름 위로 날아가 다시는 나타나지 않았다.

산티아고는 유명인이 되었다. 한때는 그에게 죽으라고 소리치던 사람들이 이제는 그를 영웅이라고 추켜세웠다. 사람들은 그를 용의 선택을 받은 자라고 불렀다. 산티아고로서는 얼떨떨했다. 별로 달갑지는 않았다. 지나가는 한 사람이 그를 알아보고는 살갑게 인사하면서 하이파이브를 하려고 손바닥을 보였다. 산티아고는 적당히 맞장구를 치고 인사한 뒤 지나갔다.

산티아고의 발걸음은 언덕 위의 왕궁을 향했다. 왕이 중요하게 할 말이 있다면서 그를 왕궁으로 불렀기 때문이다.

왕궁에 도착하자 대신이 기다리고 있었다. 그는 산티아고를 대하는 태도가 180도 바뀌었다. 마치 산티아고를 왕보다 더 위에 있는 사람처럼 대했다. 산티아고는 대신이 너무 비굴한 것만 빼면 괜찮은 사람이라고 생각했다.

대신의 안내를 받아 식당에 도착했다. 식당에는 이스트라가 먼저 와 기다렸고 몇 분 뒤 왕이 왔다. 그리고 곧 음식과 술이 나왔다.

사람들은 잔을 부딪치고 와인을 마셨다. 갖가지 고기가 있었고, 요리는 하나같이 처음 왕궁에 온 날 먹었던 것처럼 맛있었다.

"산티아고, 음식이 어떻소?" 왕이 말했다.

"맛있네요."

"고맙소."

"뭘요. 제가 한 것도 없는데."

"사카르트벨로에서는 영원히 그대의 이야기를 기억할 것이오."

"하하. 감사하네요."

"자자, 잔을 듭시다." 대신이 말했다.

사람들은 모두 잔을 채웠다. 그리고 대신이 한마디 하기를 기다렸다.

"산티아고를 위하여!" 대신이 말했다.

"산티아고를 위하여!"

산티아고는 사람들이 자신의 이름을 외치는 것이 부담스러웠지만 기분 나쁘지는 않았다.

"여러분, 저를 위해 잔을 들어주셔서 감사해요. 그런데 저는 돈키호테 씨를 기억해 주셨으면 좋겠어요. 돈키호테 씨가 없었다면 저는 용기를 내지 못했을지도 몰라요."

"우리 돈키호테 씨를 위해 잔을 들어요." 이스트라가 말했다.

사람들은 또다시 잔을 채워 높이 들었다.

"돈키호테를 위하여!"

사람들은 술에 취해서 옆에 있는 사람들과 잡담을 나누었다. 웃긴 이야기를 하고 가끔 진지한 이야기도 하면서 시간을 보냈다. 맛있는 음식과 술에 얼굴이 벌게진 사람들은 걱정 없이 즐거워 보였다. 그러다가 왕이 할 말이 있다는 듯이 주의를 집중시켰다.

"산티아고, 물어볼 것이 있소."

"네? 뭔가요?"

"그대는 애인이 있소?"

"아뇨. 없어요."

"그렇다면 사랑하는 나의 공주와 결혼하는 것이 어떻소?"

산티아고는 이스트라를 바라봤다. 이스트라는 아름답고 밝은 미소를 짓고 있었다.

"죄송하지만, 정말 감사하지만…. 사랑하는 사람이 있어서요."

"애인이 없다고 하지 않았소?"

"애인은 없지만 사랑하는 사람은 있어요."

"'애인은 없지만 사랑하는 사람이 있다.'라…. 복잡하군."

왕은 당황한 듯이 보였다. 왕은 이스트라가 상당한 미인이기에 산티아고가 결혼한다고 할 줄 안 것이다.

"남자에게 거절은 처음 당해보는데요, 산티아고 씨? 자존심이 좀 상하네요?" 이스트라가 웃으며 말했다.

"그 여자가 누군지 정말 궁금하군."

"울고 있던 저를 구해준 여자예요." 그가 말했다. "죽어서도 그녀를 잊지 못할 거예요."

"그녀를 만났으면 좋겠어요. 진심이에요." 이스트라가 말했다.

"운명이 허락한다면, 신이 허락한다면…."

"뭐 좀 물어봐도 돼요?"

"뭐요?"

"그녀의 어디가 그렇게 좋아요?"

"세상에 아름다운 사람은 많지만, 이쁜 사람은 그 사람뿐이거든요."

"저는 못생겼다는 소린가요?"

"공주님은 아름다워요. 그런데 이쁘지는 않아요."

"그게 무슨 소리야. 하하."

"세상에 이쁜 사람은 그녀밖에 없어요." 그가 말했다. "그녀뿐이에요."

43

—

შეჩვდებით

차가웠던 가을이 두 번 지나고 따듯한 겨울이 왔다. 크리스마스이브지만 아직 눈은 오지 않았다. 그는 카페에 앉아서 아이스 아메리카노를 마시고 있었다. 거리에는 캐럴과 종소리가 울려 퍼졌고 연인들이 팔짱을 끼고 다녔다. 서로에게 장난을 치며 웃는 연인 옆에는 아이들이 김이 모락모락 나는 빵을 호호 불면서 먹었다.

모든 것이 좋았다. 그녀 생각에 잠이 잘 오지 않는다는 것만 빼면. 아니, 사실 잠이 오지 않는 것도 좋았다. 잠을 자지 않는데도 꿈을 꾸는 것만 같았다. 그는 해가 뜨기 전까지 잠을 설치다가 오후 네다섯 시가 되어서야 일어나는

구름 위에는

생활을 반복했다. 그가 일어난 뒤 몇 시간이면 해가 졌다. 하루가 짧았다.

그는 소설을 쓰기 시작했다. 그가 좋아하는 헤밍웨이의 소설들을 한 번씩 다시 읽었다. 헤밍웨이의 문장은 아름다웠다. 그리고 어둡지 않았다. 그는 인간의 어두운 면을 보여주는 소설도 예술이라고 생각하기는 했지만, 읽다 보면 정신이 이상해지는 것 같아서 별로 좋아하지는 않았다. 그는 악마를 보고 있으면 악마도 그를 바라보는 것을 알았다.

그는 소설 속에 편지를 썼다. 그녀에게 닿기를 바라면서. 그녀에게 닿기만 한다면 소설이 유명해지는 것도, 아무도 모르는 소설이 되는 것도 로맨틱하다고 생각했다.

소설을 쓰다 보니 아직 남아있던 슬픔이 조금씩 사라졌다. 슬펐던 그리움은 아름다운 그리움으로 변해있었다. 베아트리체를 그리워했던 어느 시인의 심정이 이러했을까?

10개월이 걸렸다. 어렸을 때는 일기 쓰는 것도 싫어하던 아이가 한 사람을 위해서 소설을 썼다. 잘 썼는지는 모르겠다. 오래도록 기억될 이야기를 쓰고 있는 건지, 휴지조각처럼 버려질 쓰레기를 쓰고 있는 것인지 알 수 없었다. 자신감이 넘치다가도 이내 누가 내 조잡한 글을 읽겠냐는 회의감이 찾아오곤 했다.

어쨌든, 어떻게 되든 후련하기는 했다. 산티아고는 한껏

기지개를 켰다. 대학 수업에서 가장 중요한 과제를 끝낸 듯한 느낌이었다. 그는 모든 것을 운명에 맡기기로 했다.

그가 빨대로 커피를 젓다가 소설의 마지막 문장을 썼을 때, 열다섯 살 정도로 보이는 남자아이가 다가와 그를 알아보며 사인해 달라고 부탁했다. 산티아고는 사카르트벨로에서 유명인이었다. 아직도 사람들은 그를 기억했다. 그는 웃으며 냅킨에 사인을 해주었다. 아직 제대로 된 사인을 만들지 못해 이름을 그대로 적었다. 그는 혹시 작가로 유명해질지도 모르니까 사인을 만들어야겠다고 생각했다.

사람들은 그를 용의 선택을 받은 자라고 불렀다. 어둠을 이긴 자라고 부르기도 했다. 유명해지자 그를 맘에 들어 하는 여자들도 꽤 있었다. 호감을 느낄 만큼 매력적인 여자들을 만나보기도 했지만 그의 가슴을 떨리게 하는 사람은 없었다. 그의 가슴은 이제 다시는 두근거리지 않을 것처럼 고장 난 것 같았다. 부끄럼을 많이 타던 그는 이제 아름다운 여자를 봐도 떨리지 않았다. 그 점이 여자들 눈에는 더 매력적이었다.

그는 커피를 젓던 빨대를 입에 물고 후후 불다가 창밖을 바라봤다. 한 쌍의 연인이 털장갑을 낀 손으로 서로의 볼을 꼬집는 장난을 치며 웃고 있었다. 외로웠다. 아니, 외롭지 않았다. 그리웠다.

어스름한 저녁이 되자 가로등이 켜지고 산티아고는 집으로 향했다. 점점 어두워졌다. 태양이 서쪽 산등성이 너머로 사라지자 따뜻함도 곧 사라졌다. 그는 책을 다 써버렸으니 내일은, 그리고 또 그다음 날은 무엇을 할지 생각하며 걸었다.

다리 위에 이르렀을 때, 다리 한가운데에 하늘색 나비 한 마리가 팔랑거리며 날고 있었다. 그가 다리를 건너자 나비가 따라왔다. 나비는 성가시게 얼굴 주위를 날아다녔다. 산티아고가 저리 가라고 중얼거려 봐도 나비는 그를 따라왔다.

'나에게 할 말 있니?'

나비는 대답하지 않았다. 계속 산티아고를 따라오다가 발길을 멈추자, 옆으로 살짝 떨어져서 날았다. 몇 번을 그렇게 반복하다가 산티아고가 나비에게 다가가자 조금 더 멀리 날아갔다. 마치 자신을 따라오라는 듯이.

나비는 사람들 머리 위로 날아다녔다. 산티아고가 나비를 놓치면 나비는 그 자리에서 팔랑거리면서 그를 기다렸다. 사람들은 나비를 신경 쓰지 않았다. 다른 사람들 눈에는 나비가 보이지 않는 것 같기도 했다.

'나를 어디로 데려가는 거니?'

나비는 그를 인적이 드문 산길로 인도했다. 가로등이 없는데도 나비는 반딧불처럼 어둠 속에도 밝은 하늘색으로 빛났다. 산티아고는 계속 나비를 쫓아갔다. 요즘에 계속 카페에 앉아서 글만 써서 그런지 금방 지쳤다. 운동 부족이라는 게 느껴졌다. 그는 몇 분간 쉬다가 다시 나비를 따라갔다. 나비는 체력이 이것밖에 안 되냐고 그를 비웃기라도 하듯 팔랑거리며 날아갔다.

산 중턱에 오르자 트빌리시의 야경이 보이고 산티아고의 등에는 땀이 맺혔다. 오밀조밀하게 작은 건물들이 모인 트빌리시는 아름다운 도시였다. 나비는 아직이라며 계속 산 위쪽으로 날아갔다.

정상에는 정자가 있고 옆에 선 가로등이 노란빛을 비추었다. 나비는 가로등 아래에서 나풀나풀 날다가 이내 보이지 않는 곳으로 사라졌다. 산티아고는 이마에 흐르는 땀을 닦고 정자 위에 앉았다.

4월의 바람처럼 따뜻한 바람이 불어왔다. 시원하기도 했다. 바람에 땀이 식었는데 춥지는 않았다. 하늘은 구름 한 점 없이 별이 밝게 빛났다. 산 밑에는 불빛들이 아롱아롱하고 정자 옆의 가로등도 따듯이 빛났다. 어둠 속에서 빛은 아름다웠다.

그는 그녀를 기다렸다. 언제나 그랬듯이. 기다림은 아름답고 더 이상 슬픔은 없었다.

그해 겨울 첫눈이 내렸고 세상은 더 따듯해졌다.

구름 위에는

44

—

ყვავილობისას

꽃이 피고 지고 다시 피었다. 영원히 계속되는 이야기처럼. 때로는 눈물을 흘리며, 때로는 웃음을 보이며, 때로는 모든 것을 무의미하게 여기며, 때로는 모든 것을 믿으며, 그렇게 사람들은 자신의 이야기 속에서 살아갔다.

산티아고는 정자 위에 누워있었다. 따스한 4월의 햇살이 그의 얼굴을 비추었고 향긋한 봄 냄새가 났다. 바람은 좋았고 옆의 나무에서 새들이 지저귀는 소리가 들렸다. 그는 봄이 주는 평화로움 속에 누워서 하품했다. 점심을 먹은 지 얼마 되지 않아서 졸음이 밀려왔다.

그가 깜빡 잠들었다 깼을 때, 그의 코에 하늘색 나비가 앉아있었다. 그는 두 손으로 조심스럽게 나비를 감싸 안았다. 나비가 자유를 원하는 듯이 손안에서 팔랑거렸다. 그는 나비를 놓아주었다.

그는 지난겨울에 나비가 이곳으로 자신을 데려온 것을 기억했다. 그날에 함박눈이 내렸고 세상은 새하얗게 변했다. 나비는 또다시 자신을 따라오라는 듯이 천천히 날아갔다.

'나를 구름 위로 데려가 줄래?'

산티아고는 나비를 따라 산길을 내려갔다. 그가 걸음을 멈추면 나비도 멈추고 그가 걷기 시작하면 나비도 날았다. 함께 산책하는 것 같이 발걸음이 가벼웠다.

나비는 구시가지로 날아갔다. 햇살을 즐기러, 바람을 즐기러 밖에 나온 사람들이 많이 보였다. 사람들은 벤치에 앉아서 분수를 구경했다. 나비도 분수를 감상하기라도 하듯 한참을 분수대 앞에서 날아다녔다.

서너 살쯤으로 보이는 남자아이가 비눗방울을 만들고 있었다. 아이는 비눗방울 장난감을 들고 후후 불었다. 비눗방울 하나가 나비에 닿아 터졌다. 아이는 비눗방울 장난감을 땅바닥에 내려놓고는 나비를 따라 이리저리 뛰어다녔다. 그러다가 넘어져 울음을 터뜨렸고 엄마로 보이는 여자가 와서 아이를 달래주었다. 나비는 다시 날아갔고 산티아고는 나비를 쫓아갔다.

평화의 다리를 건너고 있을 때, 문득 하늘이 손에 닿을 것만 같이 가까이 보였다. 구름 사이로 노랗고 하얀 햇빛이 내려오고 있었다. 마치 저 너머에 어떤 다른 세계가 있다는 듯이. 그곳이 우리가 원래 있어야 할 곳이라는 듯이.

산티아고는 작은 공원에 도착했다. 연분홍색 꽃이 아름답게 만발했다. 평소에는 사람이 많은 곳인데 오늘따라 아무도 보이지 않았다. 마치 세상에 혼자만 남겨진 것처럼 눈에 띄는 사람이 아무도 없었다. 그는 계속 나비를 따라 걸었다.

하늘색 나비는 공원 중앙에 있는 다리 위 한가운데에 멈췄다. 반대편에서 연분홍색 나비가 날아왔다. 두 마리의 나비는 이리저리 춤을 추듯 한참을 팔랑거리다가 하늘 높이 날아올라 구름 위로 사라졌다.

다리 반대편에는 그녀가 서있었다. 그녀는 미소를 짓고 있었다. 그는 그녀를 향해 한 걸음 다가갔다. 그리고 한 걸음 또 한 걸음 다가갔다. 그의 손에는 연분홍색 꽃 한 송이가 들려있었다.

많이 보고 싶었어.

그의 눈에 하얗게 눈물이 고였다. 그가 눈을 깜빡이자 흐르지 않을 것 같던 눈물이 한 방울 흘렀다. 눈물은 왼쪽 뺨을 타고 흘러내렸다.

사랑해.

References

1. 《노인과 바다》, 어니스트 헤밍웨이 지음, 이인규 옮김, 문학동네
   58p

2. 《돈키호테 1》,《돈키호테 2》, 미겔 데 세르반테스 지음, 안영옥 옮
   김, 열린책들
   75p, 76p, 80p, 81p, 87p, 88p, 98p, 240p

구 름   위 에 는

초판 1쇄 발행 2023. 6. 30.

지은이 River P Kim
펴낸이 River P Kim
펴낸곳 LiAr

편집진행 황금주
디자인 김민지

펴낸곳 LiAr
등록 제2023-000061호
주소 서울특별시 송파구 올림픽로 30길 9

총판 주식회사 바른북스
주소 서울시 성동구 연무장5길 9-16, 301호 (성수동2가, 블루스톤타워)
대표전화 070-7857-9719

ⓒ River P Kim, 2023
ISBN 979-11-983427-0-6 03810